冬の一族

太田博之

東洋出版

冬の一族◇目次

冬の一族

天仁元年、かねてより病を得て剃薙していた八幡太郎源義家は《我が七代の孫に至り、われ必ず生まれ変わりて天下を取るべし》と置文して卒《しゅっ》した。後代、北条氏が政権を執る世になると、その遺言に望みをかけて家を守り立てんとする事が、臣下の礼をとる立場に置かれた源氏の血を受け継ぐ者の宿願であり、心の糧であった。

一

弘安八年五月、足利頼氏の嫡子駒王丸が、歳十五にして元服する式日の間際になって、ちょっとした支障が起こった。烏帽子親として立てていた内管領平頼綱が式の前日、急に病を得たと称して、日取りの順延を申し入れてきたのである。

かねてから足利頼氏は、駒王丸が元服するに際して、外部から何か支障がもたらされるかもしれぬという事を覚悟してはいた。頼氏は一応、人を遣って密かに平頼綱の身辺を探らせてみた。その結果、頼綱が病んでいるどころか、平生と何等かわりなく執権北条貞時の館へ出入りしているという事を確かめた。

しかし、今更このような頼綱の嫌がらせに憤り、それを表立って難じては、相手の術中に陥るという事をも、頼氏は知りぬいていた。平頼綱の背後には、常に何かに事寄せて足利家を抑えようと謀る幕閣の冷酷な意向が潜んでいるのを、頼氏は読み取っていた。これまでにも些細な事にかこつけて、足利家を左右せんとする幕閣の嫌がらせは、数えきれぬほどあったのだ。

今日まで頼氏を含めて足利家の当主は、殆ど北条一門の者を仮親に立てて元服し、また北条氏と通婚する事により、まがりなりにも家を守り立ててきたのであった。しかし、駒王丸の元服だけは、どうあっても源氏の血を受け継ぐ者を仮親に立てて行わねばならぬと、足利一党の者は自ずから決め込んでいた。

そこへ平頼綱が介入してきて、執権北条貞時を仮親にと無理押しに図ってきたのである。足利家にとっては迷惑な事であった。執権貞時を仮親にといったところで、この時貞時は十五歳にすぎず、実は総て平頼綱が企んだ事であり、実際にその役を務めるのも頼綱なのである。それでいながら式の前日になると急に病を得たと称し、故意に嫌がらせを仕向けてきたのであった。

この折、足利頼氏は駒王丸に向かい、頼綱の中立てを受け入れて日取りを順延するか、それとも別の仮親を立てて式を強行するか、一応その意中を質した。

「父上様のよろしいようにお計らいくださいませ」

駒王丸は控えめに眼を伏せて応えた。しかし頼氏は不興げに息をつき、顔を強張らせた。わざわざこのような事を尋ねたかぎりは、駒王丸の返答が武家の頭領として立つ門出に相応しいものであってくれる事を、頼氏は望んでいたのである。

「しかれど、なるべく式の日取りは延ばしとうございませぬ」急に駒王丸は殊更《ことさら》謙虚な様を装い、言葉を継いだ。「それにより、もし何か内管領殿がまた支障を持ち込んでくれば、その責は総て我が儘を通したこの駒王の所為という事にて、事を処してくださりませ」

駒王丸は意識的に繕った笑みで、分別顔を作った。が、頼氏は顔をひそめたまま無言で立ち上がった。駒王丸のいかにも小賢しい態度が、ただ苦々しかったのだ。そのうえ駒王丸が途中で言葉を改めたのは、不快げな父親の顔色を見すまし、その機嫌を取らんが為にすぎないという事を、頼氏は見抜いてもいた。

——元服式は足利家の分族中より畠山時国が烏帽子親として立てられ執り行われた。この時駒王丸は、時国から一字を貰い受け、家時と命名された。表面上は、執権貞時から一字を貰い受けたという事で体面を保った。ところがこの名には、他に重要な意味が含まれていた。

足利家の祖は源義家以来、その子義国、次いで義康が初めて足利姓を名乗り以下、義兼、義氏、泰氏、頼氏、家時と続くのである。家時以外は皆な、父祖の名から一字を受け継いでいるのだ。しかし家時のみ、父の名から一字も受けずして、遠祖源義家から直々、家の一字を受け継いだのであった。

——夜の祝膳が始まる前、家時は頼氏に呼ばれて書院へ通った。小者が一基の燭台を運んできて、素早く部屋の上下に据え、明かりを入れると去っていった。頼氏は小者の足音が遠ざかるまで身動きひとつしなかった。やがて、傍らに置かれた桐箱から丁重に巻物を取り出した。家系図であった。

この頃すでに源氏の名門はあらかた滅び、僅かに存《なが》えているのは足利氏と新田氏のみである。新田氏は遠祖義重が源頼朝の勘気を被り冷遇されて以来、辛うじて上野国新田荘を保っているにすぎなかった。それに反して足利家は代々、北条氏と誼を通じて家を守り立ててきた事により、下野国足利荘を本拠に、三河と上総国の守護職を兼ね、まがりなりにも今日に至っている。

この時家時は初めて、源義家から数えて七代の孫に当たると教えられたのであった。もっとも家時はそれと知らされるまでもなく、その間の事情はうすうす察知していた。家中の者達が何か源義家に関わりのある話をしている折など、意味ありげな視線を交わして家時の顔を窺い見る事が時たまあった。家時がその訳を問おうとすると、急に一同は物知り顔で頷き合い、黙り込んでしまうのが常であった。そんな時家時は、きまって人々の眼差しに何か得体の知れぬ畏怖や憧憬が動くのを見出し、己の生涯にはどこか他の人と異なったところがあるという予感を持ったのである。

家時は暫く無言のまま、源義家の化身たる己の巡り合わせを、心中で噛みしめていた。天下を掌中にする運命を、生まれながらに担っているのだ。家時は心底から湧き上がる興奮を抑え、傲岸にも卑屈にも見えぬよう心しながら、頼氏の胸元に視線を据えていた。

「家時……」急に頼氏が厳しい表情を見せて言った。「自今、八幡様（源義家）の生まれ変わりという事を努めて忘れい……」

家時は頬を強張らせた。このような言葉を掛けられようとは思ってもみない事であった。しかし、すぐに微笑を取り戻した。これは、物事をやり過ごす事のないよう自戒せよという意味の忠言なのだと思い直したのだ。

この日から家時は内心をおし隠し、源義家の置文など少しも気に掛けていないような振りを装って過ごした。家中の者達がそれとなく意味ありげな事を話しかけてきても、置文の内容など表立って露わにしてはならぬ事として、努めてそれを避けた。そこで家時は家中の者達から、年端にゆかず沈着な人物と見られた。家時はそれを知ると、ますます謙虚な態度を装うのだった。

二

その年の夏の終わり、北条一門に連なる名越氏の館へ鎌倉在府の諸大名御家人の子弟が招かれ、一夜の宴が張られた。表向きは先年の文永・弘安の戦役で蒙古軍と戦い、討ち死にした人々を偲ぶという名目で席が持たれたのであった。時節がらを鑑みて、僅かな酒と質素な肴が出た。

その頃、鎌倉幕府の財政は極度に窮乏していた。二度に渉る元軍の侵略を撃退したというものの、いつまた辺土に襲来するか知れず、幕府は常に臨戦体制を敷いていなければならなかった。前年に没した北条時宗の跡を受けて執権に就いた貞時は、十五歳にしてこの難局に立たされていた。幕府は先の戦役で功のあった武将や祈願調伏を依頼した社寺に対し、まだそれに見合うだけの恩賞を出してもいなかった。所々で、恩賞に対する不満や、いろいろな軋轢《あつれき》が絶え間なかった。

執権貞時は父時宗の意志を受け継ぎ、世上の不平不満の中へ、時には進んで身を置こうとしているようであった。なかでも特に幕府に何らかの形で寄与している氏族の子弟達のありのままの姿に接する機会を持つ事が、重要な事であった。そこにこの宴席を設けた真の目的があるとみてよかった。

当日、足利家時はその宴席に列するとみられる人々に対する心構えを、頼氏からくどいほど何度も言い聞かされて出座した。執権貞時の外戚に当たる安達泰盛の嫡子宗景と、内管領平頼綱の嫡子宗綱、次子助宗に努めて近付き、何事によらず取り入るよう心掛けよと、頼氏は言うのである。そして、安達宗景に対する時は決して心底を見せず、常に一歩あとに退いて、あくまで宗景を立てるよう心せよと念を押されたのであった。

家時は人々のさざめきの中で、その三人の側近くに座を占め、接近する機会を窺っていた。三人の中では、安達宗景が目立って傲慢であった。常に他人を見下してあしらおうとしていた。己の話に人が乗ってこないと、ふいに途方もない大声を出し、ひっきりなしに馬鹿笑いをたてている。

宗景の父泰盛は娘を北条時宗に通姻せしめ、生まれた貞時が執権となるに及んで、外戚として常から専横であった。その嫡子宗景は泰盛以上、驕慢に走っていると専ら噂されていたが、噂以上に驕り高ぶっている様子である。

招かれた一同の顔ぶれが揃って間もなく、執権貞時が臨席したとみるや安達宗景は急に立ち上がり、政事に意見のある者は遠慮なく申し上げるがよい、と不躾に大声をあげた。それで一瞬、一座は白けきった。だしぬけにそのような事を強いられては、かえって人々の心は凝り、思った事も言い出しにくくなる。執権貞時は渋面を見せて横を向いていた。あるがままの人々の姿に、接しようとした機会が無にされたのだ。が、安達宗景はそんな一座の中で恐れげもなく平然と立ち振る舞っていた。

家時はその折、宗景が酷薄に笑っているのを、はっきりと眼にした。

「月が妙に赤い……」ふと宵闇月を仰ぎ見て、安達宗景はゆっくりと盃を傾けた。「これは近いうちに何事か凶事が起こる前兆に相違ない」

一座がなんとなく騒めいた。家時は宗景の視線を追って、月を仰いだ。庭園の所々で焚かれた篝火のかげんで、赤やいで見えるにすぎないようであった。その時瓶子を運んできた小者が、宗景の衣の袖口に触れ、酒を零した。宗景は小者を引き据えて罵倒し始めたが、急にふとその表情を和らげた。

「やはり凶事は起こった。あの不吉な月の色は、酒が零れる前兆であったか」

宗景に阿《おもね》る下心のある者はそれを耳にし、虚しい追従笑いを洩らした。それに続いて家時も、わざと大声で笑いたてた。宗景の注意をひく為、殊更目立つように振る舞った。そんな家時の顔へ、安達宗景は鋭い一瞥をくれた。その眼光は異様に冷たかった。

「この宗綱の酒の飲みようは、どうもよろしくない。そう思われぬか」

ふいに横合いから、家時は声を掛けられた。平宗綱が細い眼を据えて、傍らへ寄ってきた。

「御一同のように大盃で一気に飲み干す事が出来ぬ質《たち》でな。少しずつ喉に流し込んでいる。しかれど後でよく考えてみると、いつもこの宗綱の方が本当は御一同より多く飲んでいるのだ。大盃で飲むといくら盃を空けたか数えられようが、少しずつ盃を重ねていると、人より飲み過ごしていても容易に分からぬものだ。だが人々は総じてこの宗綱を飲めぬ男とみていよう……」

平宗綱は酒に焼けた掠れ声で呟くように言い、そっと流すように酒を喉元へ送り込んでいる。ここに宗綱の弱味があると、家時はふと思った。宗綱の呟きを耳にしていると、まるで心底の悩み事を述懐されてでもいるかのようである。

宗綱は内管領平頼綱の嫡子である。しかし頼綱は、飯沼家を継がせた次子助宗を偏愛しているという噂が専らであった。

「今日の身拵え、この狩衣の色合いも、どうも芳しくない。そう思われぬか」

家時に向かって、平宗綱は身に帯びた装束から手指の形に至るまで、いちいち悪いと思われぬかと訊くのであった。

「いやいや決して、さような事は……」

家時が言葉尻を濁して応えると、宗綱はそうかそうかと繰り返し頷いた。宗綱の弟助宗はそんな兄の姿を蔑むように睨み、昂然と顔をあげて四辺を睥睨《へいげい》している。

安達宗景はそんな助宗をとらえて、何事か話しかけ始めた。暫くすると二人は、当今この鎌倉で最も強弓を引く者は誰かという事で、さかんに諍いを始めた。

そのうち安達宗景がふいに家時の方へ向き直り、「如何に思われる」と問い掛けてきた。

家時は何を問われたのか話の内容を聴いていなかったので、判然としないというふうに曖昧に微笑し聞き返そうとした。しかし宗景はそれで判ったとばかり勝手に決め込んだ様子で、「この宗景の言い分が正しいとな」と言って、再び助宗の方へ振り返った。

「いや、家時殿はこの助宗の申し分を正しいとされたのだ。御許の言葉を笑って退けられた」助宗は気色ばんで言い返した。

安達宗景はそれに取り合わず、この館の主・名越公時を掴まえて、何事かしきりに頼み込んでいた。そして宗景は本滋重藤の大弓を借り受け、自ら弓弦を張った。

同時に数人の小者が三領の鎧を庭先へ運んできて、枝振りのよい松の大木を選び、その鎧を重ねて吊り下げた。宗景はそれを見定めると、再び家時の方へ向き直り、征矢を一本手に取って弓と共に差し出した。

「かの鎧を射通してみられい」宗景は冷笑を浮かべて言った。「家時殿には、かならずやあの鎧を射通せる筈だ」

「若輩にて未だ弓取りの作法も知らぬ身ゆえ、お許しのほどを……」

家時は丁重に辞退した。

「それみた事か。この助宗は端から、家時殿には為し得ぬと断じていた」

助宗が勝ち誇ったように声を上げた。

「射て見せようぞ」ふいに横合いから、平宗綱がよろめきながら立ち上がり、家時の前に置かれた弓矢を取り上げた。「酒を過ごしすぎたのでうまく射通せぬかもしれぬが……。とかくこの宗綱の飲み様はよくないからな」

平宗綱は頭をふりふり定まらぬ視線を据え、矢を番《つが》えた。そんな兄の姿を、助宗は総身に憎悪を漲らせて睨み付けている。

宗綱はろくに狙いも定めず、矢を放った。矢は的を遠く外れ、夜闇の中へ消えた。四辺に失笑が沸いた。

「ああ……。とかく酒を過ごしすぎるのはよくない」

宗綱は弓を投げ捨てると、弟の顔へ薄笑いを報い、酒臭い息を吐いた。その場へ座り込み、一同を無視して再び酒を酌み始める。

家時はそんな宗綱の姿に、妙に惹かれた。己が陥れられようとした急場を、宗綱が代わって救ってくれたという事に、ただ謝する思いのみでなく何かそこに、もの哀しいような心の触れあいを覚えたのである。

一座が元のさざめきを取り戻すと、宗綱は瓶子を手にしたまま、家時の傍らへにじり寄ってきた。そこでふと真面目な表情を繕い、家時の耳元へ口を寄せて囁いた。

「気が張り詰めている時や、己が嫌になった時などには、なにかわざと失敗するがよい。時にはそれで、日頃から威張っている嫌な奴等を、かえって笑ってやれようが……」

家時は、はっと胸を衝かれて宗綱の顔を見返した。家時の急場を救おうとする気など、宗綱にはまったくなかったようである。ただ弟助宗に対して、なんらかの意地を貫かんとしたにすぎないようであった。

——宴果てて、家時が帰途についた頃は、戌の刻を過ぎていた。昼の余熱がまだ冷めやらず四辺に滞っていたが、馬上で仰ぎ見る月は寒々と冴えて中空にあった。山手から海際へと小路を折れる度に、月の姿は趣を異にしていくようである。

家時は飲み慣れぬ酒を過ごし、頭が重かった。馬を進めるうち、酔いが夜風に誘われて気持ちよく散っていった。由比が浜の方から、遠回りして家路についた。

「あの折は、よくお忍びなされましたな」

つと家時の背後に馬を寄せ、傅侍・吉良貞義が言った。貞義は家時が幼い頃から、守役として常に近侍している郎党である。

家時は無言のまま、海の方を眺めた。潮風が松林を微かに騒がせて吹き抜けている。遠く江ノ島が黒い陰を浮かせる海面に、月光が冷たい光の箭《や》を撒き散らしていた。家時は訳もなく身震いした。

その昔、遠祖源義家は鎧を三領重ねた的を弓で射て、鎧の表裏六重ねを貫き、鏃《やじり》は背に抜けたと言い伝えられている。その故事を安達宗景が知っていて、戯言にかこつけて家時の弓勢を試さんものと、わざとあの宴席で挑んできたに相違なかった。もしその時、家時が源義家に等しい弓勢を見せれば、源義家の生まれ変わりとして天下を窺う人物と目され、幕閣に睨まれる立場に追われたかも知れなかったのである。たとえ鎧を射通せなかったとしても、それはそれで一同の物笑いの種にされたのだ。

家時はただ心を抑え、安達宗景の申し出を避けるよう努める以外に仕方がなかったのである。

家時は今、幕閣の研ぎ澄まされた眼が背後にじりじりと迫っているのを、改めてひしと身に覚えた。己の行く末が意外に危険なものと表裏をなしている事を心底で噛みしめ、暫くは凝然と馬上で居竦《いすく》んでいた。

三

帰邸すると、家時は直ちに父頼氏の居室に赴いた。尋ねられるままに、家時は感情を抑えるよう努めながら、その夜の首尾を恬淡と話した。三領の鎧を射通してみよと安達宗景に迫られた事にまで話が及ぶと、頼氏は表情を引き締めた。

「そなたはこののち宗景に対して、如何ような態度を持って臨むつもりか」

厳しい視線を据えたまま頼氏が訊ねた。

「表立って争う訳にもいかず、動きようがございませぬ」

家時は明確な意志を表さずに、最も控え目な答え方をした。相手がどのような応えを望んでいるか判然とするまでは、家時は常に曖昧な返答しかしなかった。

頼氏は苦い顔で横を向いた。

——翌朝、家時は起き抜けに、頼氏から呼び立てられた。素早く身拵えを調えてその部屋に通った時は、まだ燭台の灯が消されたばかりであった。薄日の中に、油の焦げる臭いと薄い煙りが漂っている。頼氏は部屋の中央に端座し、充血した眼を宙に据え、身動きひとつしなかった。暫くして、やっと口を開いた。

「近いうちに我が足利家でも、一夜宴を張る事にする。名目はいかようにでも立てればよい。とにかく昨夕、名越邸へ招かれた者達を執権貞時様以外、安達宗景を始めとして総て招待するのだ。よいか家時、今から早々、その支度に取りかかれい」

それだけ言うと頼氏は再び暫時沈黙した。

家時は心得顔で立ち上がった。

頼氏はそれを手で制し、言葉を継いだ。

「これから申す事をよく聞き覚えておくがよい。その昔、安達一族の遠祖景盛は、右大将家（源頼朝）の落胤という噂があった。もしそれが真ならば、安達一族は当節、右大将家の血を直々受け継いでいる唯一の家柄の者という事になる。そこのところをよく考えて事に当たれ。よいか家時。宗景が当館に来りし折は、決して粗略に扱うな。右大将家の血を受け継ぐ御仁として、一同で大切に持て成すのだ」

一ヶ月後、その宴は実行に移された。その夜、安達宗景が来邸した折、馬繋ぎ場で下馬しようともせず、無遠慮に邸内深く馬を乗り入れた。

足利一党の者達は、そのような宗景の振る舞いを見ても、丁重に迎え入れた。この日は足利一党の、有力な分族の子弟も臨席していた。細川、今川、斯波、渋川、吉良等の分族が有する荘園も合わせると、足利家は決して安達一族に劣らぬだけの力を、隠然と内に秘めている。それがこの夜は卑屈なまでに遜《へりくだ》り、宗景を主客として取り成したのである。

「一昨日は叔父上の葬儀であったが、喪をおしてこの席へ参上した」

宴がたけなわになると宗景は相変わらず驕慢に走り、あらぬ暴言を撒き散らした。

「葬儀の折、無性に腹が立った。常日頃、叔父上の性癖を悪しざま申していた輩までが哀しげな顔を繕っているのだ。叔父上が亡くなって喜ぶ者はあっても、痛ましく喪に服する者などいるとは思えぬ。そこでそのような輩に向かって言ってやったのよ。喜べ、とな。哀しい筈がなかろう、とな」

宗景は酒を呷《あお》り、じろりと四辺を睨みまわした。

「御一同はこの宗景の事を傲岸だと申されよう。真に、その通りだ。しかれどいくら傲岸であっても、己は他人に媚びた事は一度としてない。ところがこの宗景を指して、裏にまわっては傲岸だと陰口をたたいている輩にかぎり、他人に阿《おもね》って生きている輩ばかりではないか。人に媚び諂《へつら》った事のないこの宗景と、常に人々に諂って狡猾に立ち振る舞っている奴ばらと、真にどちらが正しかろうかな」

安達宗景はすっかり調子にのり、己の言葉にますます興奮して、濁声を張り上げている。そのうちに一座の所々で、実は安達家の遠祖景盛は右大将家の胤で、本来なら宗景は将軍として立ってもふしぎでない血筋の者だ、という噂が囁かれ始めた。そのような噂をそれとなく密かに流し始めたのは、足利一党の分族の子弟達であった。列座している人々の耳許へ、巧みに囁いて回ったのである。

やがてそれが宗景の耳にも入った。常から宗景に追従している一族の者達が、さかんに宗景を煽《おだ》て始めた。宗景はすっかり持ち上げられ、ますます図にのっている。そのうえ足利一党の者は揃って、宗景の言いなりに振る舞った。他の人々もそれにつれ、内心はどうあろうと一応は宗景を立てている。

ただ、そんな中で不快な表情を見せているのは、内管領平頼綱の次子助宗のみであった。

「この宗景の頭を打ちたい者があれば、遠慮なく申し出るがよい」宗景は酷薄に笑い、助宗の方を向いた。「御一同は内心で、この宗景の仕様をよかれと思ってはいますまい。打てようものなら打ちのめしたい筈だ。今すぐにそれと名乗りでる者があれば、褒めてやる。しかれど打ちたくてもそれと申し出られぬ者は、この宗景に媚びよう下心があればこそ名乗れぬ卑怯者とみる。御一同、それに異存ありますまいな」

安達宗景は助宗の顔から眼を逸らさず、下卑た笑いを振りまいた。

――そんな宴も亥の刻には果てた。

安達宗景は帰り際、座を立つ拍子にわざとらしくよろめき、前部に置かれている懸盤を踏み砕いた。蒔絵を施した儀式用にも使えよう豪華な膳部である。

「これは不調法……。しかれど、これしきの事で斬られはすまいな。足利殿は物持ちだと世にきこえている」

宗景はその言葉を最後に、哄笑を残して去って行った。

一同が散じた後、邸内は闇の中に深閑と鎮まった。小者が宴席の後片付けに立ち回る物音のみ、僅かに息づいて、時たま思いだしたように起こる。

ただ邸内の奥書院では、息詰まるかのような秘めやかさで三人の人物が密議を凝らしていた。部屋の中はお互いの顔も見分けられぬほど仄暗い。足利頼氏と家時に向かって対座しているのは、今、足利一党の中で最も頼氏の信任を得ている今川基氏である。基氏は小柄な体にかかわらず、薄闇を裂くほどの気魄を漲らせて端座していた。

「首尾は如何――。うまく事を運んだか」頼氏が口をきった。「宗景を右大将家の後裔とする流言を為したとして、それが足利家より流れたものと思われてはならぬ」

「心得てございます。万事、巧妙に運びました。人は真より、もっともらしい噂話の方をたやすく信じ込みまする」

家時が応えた。

「よかろう」頼氏は頷きはしたが、その表情をいっそう引き締めた。「今夜の次第については自今、足利家の家中でいらぬ取り沙汰をしてはならぬ。よいか。世上がいかにこの流言に惑わされようと、くれぐれも足利家を噂の表に出さぬよう心するのだ」

家時は既に承知の上の事とばかりに、大きく頷きかえした。

頼氏は今川基氏の方へ向き直った。

「この後は、御身の力を借りねばならぬ」

「承知しています」

冷ややかな声で、基氏は短く応えた。

数日後、鎌倉市中の隅々に至るまで、安達一族は右大将家の血を受け継ぐ家柄の者だという噂が広まっていた。

もとより往時から陰では、安達家の祖・景盛が源頼朝の胤だとする噂は、かなり知られていたのである。景盛の父安達盛長の娘が頼朝の側室となって身籠もった時、頼朝の正室政子の嫉妬を恐れ、密かに安達邸へ引き籠もった。その時生まれた子が景盛であるというのだ。その噂が今、公然と流布されたにすぎなかった。

噂の中で安達一族の専横は止むどころか、まるで噂にますます助長されるよう酷くなってきた。安達宗景自身、自ら公然と源家の後裔と称し、文書にも源姓を署名して憚らなかった。

足利父子はそんな安達一族の動きを、ただひっそりと諦観していた。

その年の初冬、安達宗景は幕閣の諸侯が列する公然の場で源姓を冒し、北条家を蔑ろ《ないがし》にした。当然、幕閣の所々で、宗景を非難する声が沸き起こった。執権の外戚たる安達一族に表面上は遠慮するところはあっても、内実は妬みと反感に満ちている。

そんな安達一族に対する悪評が極度に高まった頃合い、足利父子は今川基氏を館に招き、再び密議を凝らした。

「いよいよ御身に働いてもらわねばならぬ時が来たようだ」基氏に向かって、頼氏がまず口をきった。

「内管領を動かし、安達一族を討たしめるよう謀るのだ」

基氏は表情を崩さず頷いた。異様に冷たい翳りを帯びた眼もとが、一瞬きらっと瞬いた。

内管領平頼綱は安達一党に対抗し、現今、鎌倉の勢力を二分して相排撃せんとしている事は、衆知の事であった。この両者はそれぞれ背景を異にして対立していた。安達泰盛は父祖以来、常に評定衆に加えられ、多数の御家人中の最有力者であり、一方、平頼綱は代々北条家の家臣として得宗執権の家宰にあたる内管領に就いている。北条氏直臣中の代表的人物であった。当然、両者の陰険な確執は、このところ急速に進展していた。どちらか一方が倒れなければ始末のつかぬ雲行きであった。足利父子はこの機に乗じて、平頼綱を利用せんものと、かねてより策していたのである。

「安達一族を除くには、まだ時機が早きに過ぎはいたしませぬか。余りに事を急きますると……」

今川基氏がふと急に思いついたように言った。

「そうであろうかな――」頼氏は笑いを含んで受けた。基氏という人物は、たとえ内心で賛同している事にでも、上辺は一応それに疑問を投げ掛けてみせる男であるという事を、頼氏は見抜いていた。決して調子に乗って出過ぎた事はしない。頼氏はそういう点で基氏を重用している。「何故、そう思うのだ――」

「では、違いまするのか――」基氏は慎重に言葉を選んで応えた。「安達宗景を右大将家の後裔に仕立て上げた訳は、家時様が八幡様の血を受け継いでいる者として、幕閣から睨まれる眼を逸らさんが為でございましょう。本来なら家時様に注がれる幕閣の猜疑の眼を晦《くら》まさんが為、宗景を囮《おとり》に仕立て上げられたものと読みましたが――」

「その通りだ。先の名越邸の宴席での始末を聞いた時、家時に向けられている人々の眼を、どうしても逸らさねばならぬと思った。そこでなによりも今もし宗景が図に乗り源姓を冒すほどになれば、つまるところ安達一族誅滅の因に結び付くと考えた。もうここに至れば、内管領は安達一族を討滅するのに遠慮はすまい」

「だとすれば、安達一族を今、除いては、かえって危のうございます。宗景を抹殺してしまえば、その後、幕閣の眼が再び家時様に向けられるようになりかねませぬ」

「いや、たとえ安達宗景を亡きものにしても、すぐにまた次の宗景たる人物が現れようぞ」

「なんと――」

「内管領平頼綱の次子助宗」

「そこまで思案なされておられましたか」今川基氏は深く嘆息した。「今一押しすれば、内管領は安達一族誅滅へと立ち上がりましょう。なによりもまず安達一族が密かに兵を催しているとの噂を流し、両者を互いに背後から刺激するよう仕向ければ、いずれどちらかが何かを仕出かすのは必定。噂のみならず安達一族には既に兵を催さんとする動きが見えます故、内管領もこの機を逸せず立つ事は明らか。あとは万事、この基氏が御指図どおりその役を務めましょうぞ」

四

弘安八年十一月十七日、鎌倉経師ヶ谷の平頼綱邸は不気味に蠢動していた。昼下がりから急に暗雲が垂れこめ、見る間に吹雪となった。凍てついた烈風が荒れ狂う中で、内管領平頼綱は不時の災厄に備えるという名目で兵を出し、密かに安達泰盛邸の周辺に伏せた。

ここ数日来、両者は共に相手を誅滅せんとする時機を窺い、それぞれ内密に軍を催している事は既にお互いに察知していた。いずれにしても一触即発の状態であった。

平頼綱はその機先を制した。執権貞時に対して、《泰盛の嫡子宗景は、父祖が右大将家の胤と称して源姓を冒し、その本心は将軍職たらんとする陰謀にある》と讒言《ざんげん》したのである。この時貞時は十五歳、思慮分別を持ってこの事件を裁ける訳がなかった。

平頼綱は安達一党の館を包囲する態勢を調え終えると、申の刻に至って、一挙に安達一族を屠《ほふ》るべく動いた。安達一党もかねてより密かに蓄えていた軍勢を繰り出し、応戦した。烈風の中で、激戦が繰り返された。処々で火の手が上がり、異様にどす黒い煙りに包まれた戦火は、鎌倉の各所へ拡がっていった。

平頼綱はこの機会に、御家人勢力を徹底的に殲滅せんと謀ったようである。鎌倉市中は恐怖の巷と化し、安達の与党と目された上野・武蔵国一帯の有力な御家人五百余人が殺された。刑部卿相範、伴野出羽入道、三浦対馬前司等は、安達の与党でもないのに討たれた。この騒動は全国に及び、なかでも九州では激しい合戦があった。こうして北条氏嫡流の家臣団に対抗する安達泰盛等の御家人勢力は、各地で潰《つい》えていった。

この霜月騒動の余波がようやく治まる頃合、ここ暫く騒動の顛末を見極める為に各所へ飛んでいた今川基氏が、久方振りに足利邸へ戻って来た。基氏は珍しく憔悴した表情を見せている。直ちに足利父子と一室で対座した。

「やり過ごしました」言って基氏は、二人の前で低頭した。「これほど内管領一派が思い切った処断に出て、大殺戮を企てようとは思い至らず、行き過ぎました。安達の与党でない者までが幾多殺され、一時は執権貞時様まで恐れをなして、鎌倉を立ち退かれんとしたという噂まであるほど……」

基氏はそこで暫く口を噤み、やがて気色を改めて言い継いだ。

「上総三郎様までが安達の与党と見なされて討たれようとは……。悔やまれてなりませぬ。余りにも内管領を突き上げすぎたかと――」

一族の足利上総三郎が安達の与党と見なされて誅殺された事は、既に頼氏の許にも聞こえていた。

「悔やむ事はない。御身はよく働いてくれた」頼氏は平静に応えた。「上総三郎の事は忘れるがよい。それについてはこの頼氏にこそ責がある……」

「…………」

「あの折、もし内管領一派の策動が失敗に終わったとすれば、情勢はどう傾いたか予断を許さぬ事態だった。安達一族の方が先手を打って、逆に内管領一派を討滅していたかもしれなかったのだ。そこでそれを見越して、先から上総三郎を安達一党の方へ近付けて置いた。内管領一派が敗れ去り、安達一党の方が威勢をふるう場合も起こり得ると予測出来る限り、一応その時の事をも考えて、手を打っておかねばなるまいが――」

頼氏と今川基氏は暫く無言のまま、お互いの腹中を確かめ合いでもするかのように見つめ合ってい た。やがてふと少さく吐息を洩らし、基氏の方が先に眼を逸らした。周到に将来を見通し、抜かりなく頼氏は手を打っていたようである。今川基氏も家時すらも今初めて上総三郎を安達一党に近付けてあったという事を聞かされたのである。

今川基氏は気を取り直すと、各地に飛び火した騒動の模様について再び話し始めた。そして話の最後に、安達泰盛の嫡子宗景が平頼綱の次子飯沼助宗に討ち取られた時の無惨な有様を、まるで眼にしてきたかのように語った。

――宗景は内管領の軍勢と渡り合っているうち、太刀も折れ最早これまでと、割腹せんと図った。が、折り重なって躍り込んできた内管領勢に搦《から》めとられ、飯沼助宗の面前に引き据えられた。助宗は宗景の顔に唾を吐きかけ、もう二度と酒を酌めぬようにしてやると言って、宗景の利き腕を斬り落とした。そして傍らの郎党に、宗景の歯を総て叩き折れと命じた。その郎党は刀の鐺で宗景の歯を叩き折った。奥歯も残さず頬の上から叩き潰した。そのうえで宗景は手足をもぎ取られ、そのまま晒し置かれた――。

「助宗奴はこちらの思惑通り、愚かな輩である事が知れた。とても衆望を集め得る人物ではない。今に安達宗景以上の大馬鹿者《うつけもの》になろうぞ」

頼氏は基氏が話し終えると、そう言って薄く笑った。

その時それまで瞑目したまま二人の話を聴いていた家時が、ふいに驚いたように眼を見張り、頼氏の顔を凝視した。家時の驚きは、今、頼氏が口にした言葉と己の考えていた事が、まったく異なっていたという事であった。

家時はただ安達宗景の運命に感情を託して、既に過去の人となった宗景の姿を、感傷的に追っていたにすぎなかったのだ。しかし頼氏は、あくまで助宗の動きのみを見詰めていたのだ。頼氏にとっては既に敗者となった宗景の事など、頭になかったのである。ただ助宗の姿を追う事により、今後の内管領一派の動向を読む事にのみ掛かっていたのだ。

五

霜月騒動の後、幕政は内管領平頼綱父子の独壇場であった。これより数年に亘り、平頼綱父子が強権をふるう恐怖政治が続く事になる。

これまで安達一派と平氏一党が鎌倉の勢力を二分していた時は、お互いに牽制し合って、いくらかは執権貞時に遠慮するところもあった。しかし今は内管領が思いのままに執政し、執権貞時は全く動きがとれなくなっていた。月日が経つうちに、執権貞時の内心には平頼綱父子に対する不満が募ってくる事は眼に見えていた。

そんな形勢の中で足利頼氏は、家時を密かに平宗綱へ親しく近付かせるようにと、しきりに目論んでいた。宗綱は平頼綱の嫡子とはいうものの、どこかに虚弱な性質が窺い見えた。頼綱も余りそんな宗綱を信頼していない様子である。頼綱に次いで内管領一派の実権を握っている者が、次子助宗である事は衆知の事であった。しかし足利頼氏は何故か助宗に構わず、家時に命じて宗綱のみを邸に招き、手厚く持て成して何事によらずその心を掴もうと図っていた。

——弘安十年初春の一日、足利頼氏は家時を居室に呼び立て、薄く笑いながら言った。

「そなたに嫁をくれてやろう」

この時家時、十七歳。嫁は前六波羅探題北条時茂の娘である。家時はその娘の容姿も器量も知らなかったが、頼氏の意中を汲み、その場で頷いた。北条時茂の娘を急に娶《めと》れというかぎりは、そこに何等それ相応の深い意味合いが含まれているものと、家時は推したのである。

北条時茂は文永年間に六波羅探題を辞して以来、今日に至るまで北条一門で重きを成し、幕閣に隠然たる力を秘めている人物である。しかもその娘は、家時より三歳も年上という事であった。何故かその歳まで、良縁のなかった娘である。

話がまとまると、事は早急に運ばれた。一ヶ月後、早くも時茂の娘・重子は足利邸に入り、祝言が執り行われた。

その日、家時はこの嫁を、生涯心底から愛しんではならないのだと、何度も己の心に言い聞かせて式に臨んだ。もっともこの嫁には、愛しもうにも愛に溺れるほどの、たおやかさはなかった。前々からうすうす想像していた事ではあったが、婚期を逸したこの醜女では、足利家相手なら良縁とばかり早々に祝言を急いだのも無理はなかった。容貌のみならずその人柄にしても、才たけたところは見られなかった。そのくせ家柄に頼った自惚れを持っていた。家時がいかなる事を話しかけても、上辺だけを取り繕った受け応えしかしなかった。家時は心中で薄く笑って、そんな嫁重子に報いた。それは同時に、家時の心に奇妙な安堵をもたらした。

「思いのほか良い嫁であろう」

婚礼の数日後、家時は頼氏に問われた。

「結構な嫁を頂戴いたしました」

家時は頼氏の意中を汲んだとばかりに笑って応えた。嫁がたおやかな女でない事ほど望ましいのだ。密かに天下を窺う人間が、愛に溺れて身を誤るような事があってはならないのである。しかもこの嫁を娶った事により、北条時茂は足利家に対して終生恩義を感じるに相違なかった。そして、もし一朝事ある時に至れば、足利父子は何の未練を抱く事もなく、嫁を、また北条時茂をも裏切る事が出来るのだった。

翌年、正応と改元、その初冬、寒気が急に厳しくなったと思う間もなく、鎌倉市中は雪の下にあった。この年、家時の嫁重子は早くも懐妊し、一子を産んだ。

この頃、足利父子は表立って何の動きも見せはしなかった。邸は雪に包まれてひっそりしていたが、頻りにもたらされる世上の噂には、油断なく眼を配っていた。内管領平頼綱は都の朝廷公家間にまで手を伸ばし、何事か策動しているような兆しが見えていた。

と、思う間もなく、十月中旬、皇太子が践祚《せんそ》し、後深草の院政たるべき旨を幕府は表明した。平頼綱の策動による事は明らかであった。

翌正応二年の初春、今川基氏が出所の確かな情報だと言って、意外な事実を足利父子の許へもたらした。

三浦介頼盛が将軍惟康親王に親しく接近せんものと、しきりに画策しているあとが見えるというのである。調べてみると、新たに詳しい事が分かった。頼盛の背後で更に北条時定が糸を引いているというのだ。そして、それら三者の結託の目的は、幕府の転覆を謀らんとする陰謀にあるらしいというのであった。

北条時定という人物は、文永年間に叛乱を起こして誅された北条時輔の次子である。時輔は前執権時宗の異母兄に当たり、本来なら得宗を継ぐべきところ、生母の出自が卑しい家柄である為、執権に就く事もならなかったのだ。そこで、年若い執権時宗の政策に不満を持つ一族の者や一部の公家と通謀し、時宗を除こうと謀った。それと知った時宗は直ちに兵を派し、叛徒を誅滅したが時定のみは寺に逃れ、これまで命を長らえていたのである。

三浦介頼盛はその祖・泰村や光村が、いわゆる宝治の乱と称される叛乱を起こした家柄の者である。その折、三浦氏の一族は悉く討たれたが、光村の甥に当たる佐原氏の一族のみは幕府側に従いて身を全うした。頼盛はその末裔で、三浦氏の血を今日まで細々と保ってきたのであった。しかし今、執権貞時に娘を嫁せしめ、ふたたび昔日の勢いを取り戻さんものと策動し始めたもののようである。

足利父子はその動向を窺いながら、二ヶ月余を過ごした。そしてようやく初秋の冴えた月を見る頃、足利邸から北条時茂の許へ、密かに使者が立った。家時が時茂の娘を妻に迎えた事が、ここで初めて意味を持ってくる。

文永年間、北条時定の父時輔が叛乱を起こした時、その討手の将に任じられたのが、時茂の甥に当たる北条義定という人物であった。同じ北条一族中でも、この両族は敵同士である。その繋がりから考慮すれば、今、北条時定に何らかの企みがあるとすれば、時茂が動いてくれる事は間違いなかった。

しかし足利父子は、時茂自身を決して事の表面に立たせるようには仕向けなかった。時茂の背後で足利家が動いている事を、あくまで隠し通しておかねば、幕閣から不信の眼を向けられかねなかった。時茂に働きかける事により、その実、平頼綱にその処断を図らせるような形に持っていったのである。

それから間もなく、将軍惟康親王は廃されて都へ送還された。惟康親王はこの時、二十五歳。傀儡《かいらい》として置かれている将軍自身に、叛乱を起こすほどの実力がある訳ではなかったが、北条時定のような者や幕政に反撥する御家人達に扇動され、利用される恐れがあったのだ。十月二十五日、惟康親王に代わり、新たに将軍として伏見帝の弟・久明親王が鎌倉へ迎えられた。

旬日を出ずして、謀叛を企てたという罪状で三浦介頼盛と北条時定が捕らえられた。二人は内管領平頼綱配下の者の手による拷問の末、首を刎ねられた。

事は足利父子の思惑どおり運んだのである。執権貞時に嫁していた三浦介頼盛の娘は、貞時の許から放逐された。足利家にとって三浦介頼盛の娘が執権の室として存える事は、甚だ不都合な事であった。三浦氏が執権の外戚として威をふるうような事態に立ち至るのを、未然に避けるよう努めねばならなかった。足利家が密かに天下を窺うに当たって、まず第一に目論んでいる事が、実は執権の外戚たる事であったのだ。

翌年の秋、足利家では祝い事があった。家時の妹が北条師時の許へ嫁いだのである。

師時は前執権時宗の弟・宗政の嫡子であり、執権貞時の従弟に当たる。もし貞時の跡が絶えるような事があるとすれば、その跡目を継ぐ者は当然、師時が第一なのであった。

六

この年から正応五年にかけて足利家時は、内管領の嫡男平宗綱へ急速に親しく近付いていった。

家時は宗綱へ接するに当たって、その弟助宗を常になるべく悪者に見立てて、口を利くよう心掛けていた。いつもあくまで宗綱を立てて、助宗の傲慢な態度をわざと罵るように話を仕向けていった。

弟に対する宗綱の悪感情を利用する心積もりであった。

「この宗綱の為す事は、何事につけてもどうもよろしくない。今日、この馬に乗ってきたのも過ちであったな。このような駄馬では、浜辺を疾駆する事もままならず、なんとした失態だ……」

二人で遠乗りに出て、汗を掻いた馬を休めている時などでも、相変わらず宗綱はそんな口の利き方しかしなかった。

「その馬はどうせ助宗どのに乗り潰されたものでございましょう。御方様の責めにされる事はございません」

と、そのような時、家時は応える。宗綱は決して嬉しそうな顔を見せはしなかったが、なにを考えているのか判らぬような表情で、そうであろうか、と言って頷くのだった。


正応五年の中頃、今川基氏がいつになく昂奮した面持ちで、深更の闇にまぎれて足利邸へ入った。直ちに基氏は足利父子に来意を告げ、密議を凝らした。

基氏はかねてより、鎌倉在府の要人達に対して、密かに足利家の息のかかった者を近付け、情報を収集する役目を担っていた。基氏はこの夜、将軍久明親王の近辺から、意外な事実を探り出してきたのであった。

内管領平頼綱が、将軍久明親王へ接近しようと図っているようなふしが見える、というのである。しばし音物を将軍邸へ届けているという。専権をほしいままにしている内管領がそれだけの事をするかぎりは、何かそこに下心がある筈であった。

「調べを入れてみまするに次のような事が判明いたしました」今川基氏はわざとゆっくり言葉を継いだ。「内管領の真の目当ては将軍家に迫り、次子助宗をその仮養子たらんとする事にあるとみえまする」

「助宗奴に将軍職の跡目を襲わせんとする腹だな」動ぜず頼氏が受けた。現今、強権を専らにする内管領がもし将軍家を薬籠中《やくろうちゅう》の物にしてしまえば、名実ともに天下を掌握する形になる。「いよいよ狸奴が尻尾を現しよったな」

頼氏はふと薄く笑い、家時の方へ向き直った。

「そなたは今日から平宗綱に接する折、助宗の事を悪しざまに申してはならぬ。むしろ、助宗奴の方を褒めそやせ。その訳はなんとしてもよい。とにかく宗綱の面前で、助宗奴を誉め称えるのだ。よいか――」


数日後、足利家時は自邸に平宗綱を招き、酒を酌み交わした。盃を重ねるうち、いつものように宗綱は、己の飲みっぷりはどうもよくないと何度も繰り返し、辺り構わず管《くだ》を巻き始めた。

対して家時は、「助宗どのはいつも見事に、ぐっと一息で盃を空けられる。一度、宗綱どののそのような飲みっぷりが見たいものだのう」というように持っていった。

しかしそう言われても、宗綱は別に嫌な顔を見せず相変わらず無表情で、そんなものであろうかと言って頷いているのみであった。

その年、鎌倉は表向きは何事もなく、内管領の専断政治のうちに過ぎようとしていた。が、そのうち国外から大事が持ち込まれた。

蒙古皇帝の命を受けた高麗国が、金有成なる使者を遣わし、再び元に服属せよと促してきたのである。要らざれば再び元は兵を派し、侵攻するであろうというのだ。幕府は金有成を拘留して還さなかった。

国中は再び元の脅威に、物情騒然としてきた。文永・弘安の役以来、幕府は常に戦時体制を敷き、人々は相変わらず貧窮の極みに苦しみ続けている。

翌年、永仁と改元。幕府は六波羅探題北条兼時を鎌倉へ急遽召還し、その翌月には蒙古の襲来に備え異賊警固の役に任じて、鎮西へ下向させた。この年、執権貞時は二十三歳、足利家時も同年である。

その頃家時は、平宗綱に対して打つべき手を、着々と実行に移していた。二人で遠乗りに出かけた時など、それまで家時は常に己の馬を抑えて宗綱の背後へ付き従うような形を取っていたが、近頃では遠慮なく先に飛ばして駆けるようにしていた。

そんなある日、家時は宗綱に向かい、

「内管領殿は先頃将軍家に音物を贈られ、何事か画策されていると聞き及びましたが、御許はそれを如何に見ておられまするか」

と突然、訊いた。宗綱は一瞬、顔色を変えた。が、すぐさまいつものように無表情な顔に戻り、横を向いた。

「案じられまするな。他言はいたしませぬ」

家時は柔和な表情を繕い、笑って済ませた。

その日は、それ以上には出なかった。しかし旬日を経て、家時は再び宗綱と見《まみ》える機会をつくり、次のように切り出した。

「内管領殿が将軍職の跡目を、助宗殿に継がしめんと策しておられる、という噂を耳にしていますが如何に……」

宗綱は横を向いたまま黙っている。

「噂がもし真とすれば、いくら内管領殿といえど幕閣から譴責《けんせき》を受けられましょう。そこで今こそ、御許が起たれる時ではございますまいか。御家の筋目を絶やさぬ為に……。まさに落ちんとしている淵から御家を救えるのは、宗綱殿のみ……」

宗綱はなおも沈黙している。家時は、「如何に思われまする」とひと押しした。

「黙して語らずという事は良い事だ」急に宗綱は、嘲笑するかのような口調で切り出した。「家時殿はこれまで何か不都合な事態に立ち至り、己が傷つくような羽目に落ちた時など、常に黙っておられた。人々にはそのようなたやすい事が、かえってなかなか出来ぬものだ。他人に誇られれば、誰あろうと反撥したくもなろう。黙っているという事で最も良いのは、それで己の真の姿を相手から隠しおおせるという事だ。――家時殿。御許が喋れば喋るほど、御許の正体が見え透くわ」

宗綱は酷薄に笑うでもなく、奇妙に頬を歪めて口を噤んだ。今度は家時の方が凝っとして、暫時沈黙した。二人はお互いに顔を背けて、立ち竦んでいた。

と、急に宗綱が大声を上げて笑い始めた。

「やはりいけない事よな。黙っているという事は……。お互いによろしくない……」

その日はそれで、どちらからともなくそのまま別れた。

家時が帰邸した直後、突如、大地が裂け四辺が地獄と化した。この日、四月十三日、鎌倉を襲った大地震は、将軍邸を始めとして鶴岡若宮を壊し、建長寺以下の諸大寺をも転倒焼失せしめた。倒壊した家屋から発した火勢は、瞬く間に市中を舐め、凄惨な阿鼻叫喚の地獄が現出し、死者は二万人余を数えるに至った。

その翌々日、家時は経師ヶ谷の平頼綱邸に使者を送り、宗綱の無事を確かめさせた。またそれに状を添え、足利邸は幸い無事に保ったゆえ近いうちに当邸でまた見える機会を持つべし、という意味合いの事を申し送った。が、宗綱の返事は無かった。帰邸した使者の報じるところでは、平頼綱邸はそれほど地震の被害を被る事なく、無事だという事であった。

家時は宗綱を利用せんとした策謀に、齟齬を来したのではないかと慮った。この前、宗綱と会った時、少し気まずい雲行きになった事は認めざるを得なかった。頼氏も事の処置を誤ったと判断した様子で、急いで今川基氏を呼び寄せ、善後策を談合せんものと図った。

と、その矢先、四月二十二日早暁、ふいに経師ヶ谷方面に火の手が上がり、合戦となった。執権貞時が武蔵七郎を討手として、平頼綱邸を急襲したというのである。頼綱と次子助宗は抗しきれずに自害し、戦火は葛井ヶ谷方面の平氏一党の館へと拡がって行き、内管領一派の主立った者は総て殺されたという。

所々から噂が入ってくるにつれ、さらに意外な事が判明した。平頼綱と助宗が謀叛を企てているという事を、平宗綱が執権貞時に訴え出た結果であるというのだ。父杲円（頼綱）は弟助宗と共に権力を専らにし、いずれは助宗を将軍にせんものと企んでいる、と密訴したらしかった。

かねてより執権貞時は内々、内管領の専断を憎み、常々から警戒していた事は明らかであった。当然、執権貞時はこの機を逃さず、内管領一派を屠るべく、軍勢を動かしたもののようである。

これは意外というより、むしろ足利父子の思惑どおりに宗綱が動いてくれたのだといえた。事件の内容が次第に明らかになってくるにつれ、頼氏と家時は内心で北叟笑《ほくそえ》む思いであった。家時が宗綱に接近した目的は、足利一党が既に内管領一派の叛意を知っているという事を仄めかせて宗綱を窮地に追いやり、父と弟とを裏切らせるように仕向ける事であったのだ。それが総てあっけないほど簡単に、予測通り運んだのである。

ただ、少し思惑外れもあった。密訴して出た当の宗綱が、己は常から父と弟とは逆意であったと陳弁したが聞き入れられず、佐渡島へ流罪とされたのだ。

平宗綱が佐渡へ送られるという前日、家時は庁の許しを得て、宗綱のもとを訪れた。

「案じられまするな。遠からず召し還され、内管領の跡目を継がれる事になりましょう。及ばずながらこの家時も為し得るかぎり、お力添えをいたしましょうぞ」

家時の言葉に、宗綱は薄笑いで報いた。卑屈な笑いではなく、まるで家時を足下に見くだしたような笑いであった。


その翌年の夏、流罪されていた平宗綱が許されて鎌倉へ召還され、内管領の跡目を継ぐ事になった。幕府に対して叛意はなかったという陳弁が入れられたのである。

もともと宗綱は、頼綱や助宗に比して、温厚な人物と見られていた。執権貞時も宗綱なら使いこなせるとみて、召し還そうとしたのかもしれなかった。一方、足利家も北条時茂を通じて、それとなく執権貞時に働きかけもしたのである。足利父子は予てより、平宗綱なら傀儡として思いのままに操れると考え、幕閣の要職に据えて置くほうが都合がよいと判断していたのであった。

平宗綱が鎌倉へ入るという当日、足利家時は戸塚坂まで赴いて、その一行を出迎えた。夏の陽光は白々と辺りに氾濫し、木々のそよめきすら、むっとする熱気を撒き散らしているようであった。家時は馬を下りて木陰へ入り、白く灼ける彼方の道筋から近付いてくる宗綱の一行を待った。

一行が目前に迫った時、家時は木陰から出て声を掛けた。が、宗綱はそれをまったく無視して通り過ぎて行った。

家時は暫くその場に突っ立っていた。何故黙殺されたのか、宗綱の心をはかりかねた。しかし気を取り直すと馬に飛び乗り、宗綱に追いすがって轡《くつわ》を並べた。

「御壮健でなによりでございました」家時は表面、礼を尽くして言葉を掛けた。「先年、御許が佐渡へ渡られる前日、近いうちに必ず召還されましょうと申し上げましたが、これで万事めでたく落着いたしました。お忘れでございましょうや……」

「覚えている」宗綱は真っ直ぐ前方を見つめたまま応えた。「だが、その為に足利殿がいかに力を尽くされたとしても、礼は申さぬ」

「…………」

「この宗綱がなんの才覚も持ち合わせていぬ男である事は、よくお解りの筈だ」宗綱は感情を押し殺した声音で言い継いだ。「たとえ内管領に就いたとしても、この宗綱はそれほど幕閣の御役に立ち申すまい。まして足利殿の御役には決して立ち申さぬ――」

七

平宗綱が内管領に任じられてから暫くは、鎌倉は表面上何事も無く、平穏のうちに過ぎた。足利家時と宗綱の間も、上辺はなんの諍いも起こらなかった。しかし決してお互いに心底から打ち解けて親しんでいる訳ではなく、また憎悪の眼を向け敵視し合っている訳でもなかった。そのような状態が、かえって始末に悪かった。

平宗綱は権力を欲しいままにせんとする意志を見せようともしなかったが、かといって遜って取り入ろうとする事もなく、足利家にとっては全くなんの役にも立たぬ人物になっていたのである。激しい敵意を見せるような者に対してならば、それに対応出来る方策を立てる事が出来る。しかし敵意も見せず、かといって諂おうともしない者に対しては、どうにも扱いようがなかった。

足利父子は今はっきりと、それが平宗綱の企んだ狙いどころであったという事に気付かされた。

足利頼氏はその頃、家時に家督を譲りたいという内意をもらしていた。その為にも家時が天下を掌中にする足掛かりを、今の内に築いて置かねばならなかった。なんの意志も表さない内管領平宗綱に、このまま引き摺られていく訳にはいかなかった。

翌永仁三年の五月、先に異賊警固の役に任じられ鎮西へ下っていた北条兼時が、鎌倉へ召還されて評定衆に加えられた。その兼時が九月に入ったある日、笠懸の馬場の傍らで、逸れ矢に首筋を射抜かれるという事故が起こった。射たのは、内管領平宗綱の家臣・遠藤某である。

その日はまるで冬の先触れを見るような、寒い一日であった。笠懸の競技が始まる前、弓場で弓勢を慣らしている最中の、ちょっとした手違いがもとで起こった事故である。ただ、その弓場は足利家がしつらえたものであった。

遠藤某はその場で割腹せんと図った。が、平宗綱はそれを偶然の事故とみて一応、遠藤に謹慎を命じて控えさせた。

その場には、足利家時も居合わせた。足利家がしつらえた弓場での出来事なので、家時も一応、その弓場の取締りに当たっていた家臣・佐原某を同じく謹慎させた。そうした上で家時は帰邸し、父頼氏にその旨を報じた。

「この機会を逃すつもりか――」頼氏は激しい口調で反問し、射るよう眼差しを家時に向けた。「この責はどうあっても、足利家が負わねばならぬ。分からぬか――。佐原に腹を詰めさせるのだ――」

「なんと仰せられます。それは余りな……」家時は日頃の冷静さを失し、珍しく気色ばんで頼氏に反駁した。「兼時様を射た当の遠藤なる者すら、謹慎を命じられているにすぎませぬ。それにもかかわらず佐原に腹を詰めさせよとは……」

「であるからこそ、佐原に死んでもらわねばならぬのだ。とにかく佐原には無理にでも腹を詰めさせるがよい。早く行けい――」

家時はそれ以上、逆らわなかった。弓場に戻ると直ちに佐原に割腹させ、その首級を北条兼時の家中へ差し出した。弓場の取締り不行き届きとして事故の責を負い、割腹して果てたと報じた。

刻を同じくして、足利頼氏は家督を家時に譲り、隠退したのである。

これで立場がなくなったのは、平宗綱であった。兼時を射た当の家臣を、未だ謹慎させているのみなのである。そこに当然、世上の非難が集まった。

一方、足利父子が直ちに取った処断は、見事なものと褒めそやされた。家臣が責めを負って切腹し、当主頼氏は隠退したのである。これではどこからも文句の付けようがなかった。この事件は、足利家にはなんの禍いももたらさなかった。

家時は当主として立ち、以前よりいっそう衆望を集めた。もっとも頼氏は隠居したとはいうものの、まだ隠然と足利一党の実権は握っている。家時はこの時、二十五歳。

平宗綱は世上の非難を浴び、足利家の処断を知って初めて遠藤某に腹を詰めさせた。が、既に遅かった。それはかえって世間の物笑いの種となった。世上は平宗綱も当然、何らかの形で責めを負うべきだと見始めた。これによって宗綱は足利家に頭を抑えられる事になり、その進退すら危ぶまれる事態に立ち至った。

その年の末、足利家時は下野国の本庄足利荘へ赴く用向きがあって、鎌倉を離れる挨拶の為、執権貞時の館を訪れた。その折、帰りがけに平宗綱から声を掛けられ、一室に招じられた。

寒々とした部屋に二人だけで対座し、暫くはお互いに押し黙ったままでいた。庭の築山の向こうに連なる執権邸の塀は、所々で崩れたっている。永仁元年の大地震で破損した箇所が、未だに修復されていないのだった。幕府がまったく疲弊している有様が、館の塀際の崩れようにも窺えた。

「近いうちに内管領を辞する所存でござる」宗綱は静かな口調で切り出した。「この宗綱の生き様は、これにて終わりました」

「なにを申される――」

「この宗綱がこのような羽目に陥ろう事は、足利殿には既にお判りの筈……。もうお互いに誑《たぶら》かし合うのもこれまで……」

「誑かすとは……。足利の一党はこれまで力を尽くし……」

「それは違う。思い違いなされるな」宗綱は急に激して、かぶりを振った。「この宗綱は未だかつて足利家に尽くされた覚えも、また尽力した覚えもない」

「いやいや御存じないうちに、随分と足利家の為に力をお貸しくだされた」

「それはお手前が勝手に、そのように思い込まれているだけだ。一度たりとも足利家の為に働いた事はござらぬ」

「父御や助宗殿を裏切り、幕閣に讒して討たしめた事をお忘れか」

「違えるな。あれは足利家の策謀に乗せられてした事ではない。あれは己の為に、平氏一族の為にした事だ――」

「今更戯けた事を……」

「まあ聞かれい。あの頃、確かに父上と助宗は専横であった。しかし、我が一族がどうにもならぬ立場に追い込まれているのをひしと身に覚えていたのは、この宗綱のみであったろう。あの有様では早晩、平氏一族は幕閣の怒りに触れ、譴責されるに相違なかった。そんなある日、遠乗りに出て御許の言葉を聞いた。何故あのような事を申されたのか、仄めかされた底意はすぐに見抜けた。それから数日間、なんとかして平氏一族を救う手立てはないものかと考えた。いくら考えあぐねても最早、父上と助宗は救いようがないと、はっきり悟らされるばかりであった。――挙げ句、この宗綱は己の意志で執権貞時様の御前に罷《まか》り出で、父上と助宗を讒したのだ。お判りいただけようか。その折の心情が……。決して足利家の内意を汲んで動いたのではないのだ。どのみち平氏一族の逃れよう道がないならば、己の手で一族を討たしめようとしたのだ――」

宗綱はそこで暫く言葉を切り、異様に熱っぽい眼で、家時を睨んだ。今、家時には返す言葉が見つからなかった。

「この宗綱は決して命が惜しかった訳ではない。いずれにしても、一族が叩き潰されるものなら、いっそこの宗綱自身の手で、総てを済ましてしまおうとしたのだ。どうせ他人に潰されようものなら、むしろ己の手で潰してしまえと願ったのだ……」

「……………」

「佐渡から召還された後も、この宗綱は決して足利家の思惑どおりには動かなかった。先般の事件では後れを取ったが、今は悔いはない。笑って身を退く。むしろ今後は家時殿、御許が苦しまねばならぬ事になる。源義家公の生まれ変わりとして、これから後、あらゆる末事に気を遣い、些細な失敗にも万人以上の苦しみを舐める事であろう。これから一生、御許は成し得ぬ重荷に押し拉がれ、疲労困憊して行くのだ」言って宗綱は静かに笑った。卑屈なところは微塵も見られなかった。「自今、そのような御許の姿を、傍らでいつまでも見守っていようぞ」

宗綱は家時の顔へ、鋭い一瞥をくれて、座を立った。

八

執権貞時が平頼綱を誅滅して以後、七年間程はそれほどの大事件も起こらずに過ぎた。平頼綱亡き後は、北条貞時があらゆる政事の最高の権限を一手に掌握する、執権専断の世である。

永仁四年には、陰謀を企てたという罪で吉見某が捕らえられて斬首され、その与党僧良基が陸奥へ流されるという事件が起こったが、それほどの大事件というものでもなかった。永仁五年には徳政令が出されたが、その翌年には打ち切りとなる。

永仁七年初春、足利家では家時の嫡男が元服し、貞氏と命名された。貞氏は父家時の名を一字も受ける事なく、泰氏・頼氏という祖々父以来の名から、一字を受け継いだのである。そして上辺は、執権貞時から一字を貰い受けたという事で、対面を保った。あくまで家時は源義家の生まれ変わりとして、別格なのである。

同じ頃、都から妙な風評が流れてきた。今上帝（伏見）が持明院流の帝位の固定を策し、鎌倉在の弟・将軍久明親王を通じて、執権貞時へ働きかけているというのである。やがてそれは事実となって現れた。伏見帝が譲位し、後伏見帝が即位して正安と改元された。

五十年前、後嵯峨帝崩御の後、後深草上皇（持明院流）とその後に即位した弟の亀山帝（大覚寺流）との間に嫌隙が生じ、時の執権時宗は、こののち帝位は両派がお互いに譲り合って就く事と定めたのである。その約定がこの時、破られたのだ。

伏見帝は密かに自流の固位を謀るに当たって、久明親王を通じて執権貞時に対し、こう諭さしめたという。――卿（貞時）の祖先は後鳥羽帝を隠岐に遷す、今その子孫をして臨御日、久しからしむるは必ず卿に利あらず云々……。

執権貞時はこれを然りとし、また大覚寺流を承ける事を欲せず、伏見帝と策を合わせてその皇子を帝位に就けたというのである。当然、世上に非難の声が沸き起こった。世情は勿論この時、後宇多上皇の皇子が帝位に就くものとみている。無論、後宇多上皇はこの処断に憤激しているという。

足利頼氏・家時父子はこれより先、この間の事情を察知していたが、黙過していた。世間の非難が執権貞時に集中し、それが都から鎌倉市中の隅々に至るまで高まるのを待った。やがて、憤激した後宇多上皇が六波羅探題を通じて抗議し、大覚寺流の公卿達も動き始めたという噂が、しきりに都からもたらされてくるようになった。

それらの動きを見定めた上で、足利父子は速やかに策動した。なによりもまず、北条時茂に働きかけた。時茂はかつて六波羅探題として都に在り、朝廷公卿間の動向に常に密接していただけに、大覚寺流の動きが容易ならぬ事態を招く恐れがあるという事を、周知している筈であった。

足利父子の考え通り、時茂は動いてくれた。時の六波羅探題北条宗方や宗宣も、この事態を放置しておけば国難に至ると考えていた様子で、時茂に同調した。

間もなく正安三年に入り、後宇多上皇の使者として左中弁藤原定房が鎌倉へ入った。執権貞時に対し、――国に二王あるべからず、いずくんぞ数々、先帝の詔に違うか――と迫った。同時に、六波羅両探題及び北条時茂から、上皇の趣意を受け入れねば大事に至るという意味の上書が、執権貞時の許へ差し出された。結局、貞時は折れた。

貞時は定策として、両派を互いに十年を限りとして迭立せしむる事とした。よってまず後宇多上皇の皇子を帝位に就けた。後二条帝である。後伏見帝は僅か三年足らずで帝位を下り、年号は乾元と改まる。

この時執権貞時は剃髪して崇演と法命し、執権を辞した。しかし辞職したとはいうものの貞時は得宗（北条家嫡流の家督）として、幕府の実権は隠然と掌中にしている。

この後、執権に就いたのは、北条師時であった。師時の内室は、足利家時の妹である。事はまた足利父子の思惑通り運んだのであった。

執権に次ぐ要職の連署には、北条時村が就いた。内管領は北条宗方である。この年の末、鎌倉は大火災に見舞われた。死者は五百人余を数え、次々とふりかかる災厄に世相はますます暗澹としてきた。

しかし、この頃、足利家では祝言が執り行われた。家時の嫡子貞氏が上杉氏から嫁を迎えたのである。

翌年、また改元されて嘉元となる。その年の秋、足利家にはまた祝い事があった。貞氏が早くも妻清子との間に、一子をもうけたのである。家時は三十代の半ばで、孫の顔を見る事になった。

同じ頃、得宗貞時の後室・安達時顕の娘が、一子を産んだ。いずれは北条家の得宗たる地位を約束されたその赤子は、成寿丸と名付けられた。もし貞時が一生、嗣子を得られなかったとすれば、得宗執権は北条師時が受け継ぐ事になる筈であったのだ。そして、師時の子が得宗執権となったその時こそ、足利家は外戚として、幕閣に強権をふるう事が出来る筈であった。そうした足利家の前途へ、成寿丸が大きく立ち塞がる形になった。成寿丸が成人すれば、やがては執権師時とその嗣子を押し退けて、得宗執権職を占めるに相違なかったのだ。

足利父子はこれに対して、今の内になんとか手を打っておかねばならなかった。しかし成寿丸の背後には、その外戚たる安達時顕が厳然と控えてい、得宗貞時と連携して諸方へ油断なく眼を配り守り立てていた。足利家も迂闊に手を出す訳にはいかなかった。

その頃、足利一党にとって、他にもうひとつ気掛かりな事があった。連署北条時村の存在である。足利父子がたとえ得宗や執権を思いのままに操ろうとしたところで、その背後に北条家の最長老として連署時村が控えているかぎり、どうにもならなかった。連署の地位は執権に準じ、たとえ如何なる文書に執権が署名したところで、連署の署名がなくては、その文書は無効なのである。

——その年の暮れ、足利父子は善後策を講じる為、今川基氏を招き、邸の奥まった一室で密談を凝らした。部屋の外は一面、銀世界であった。凍て付く寒さも承知の上で板戸を開け放ち、三人は暫時、雪景色に見入っていた。松の大木に降り積もった雪が枝葉を撓ませ、時たまこらえきれずに落ちる音が部屋の静寂を破るのみだ。

「連署時村を除けば、ただそれでよいというものではない」頼氏は小者が置いていったばかりの火桶に手をかざしもせず厳しい寒気を老いの身に受け、泰然として言葉を継いだ。「連署を除く方策なら、立てられぬでもない。しかれどたとえ時村を廃したとして、次ぎに連署に就く者がまた時村ほどの人物だとすれば、何の為にその方策を巡らしたのか意味合いがなくなろう。ここは慎重に構えねばなるまい。まかり間違えば足利家を危うくする」

「かと申して、いつまでもこの事態が続けば、我らはますます身動き出来ぬ立場へ追い込まれる事になりましょうし……」今川基氏は明かり格子から外を透かし見るかのように、室外の気配を窺った。「連署を除く事が得宗貞時をも合わせて抹殺する事に、繋がるよう持っていかねばなりますまい。そのような手立てがありましょうか」

家時が身を震わせて口を入れた。枝葉を撓ませた雪がばさっと落ちる音にも、凍て付いた身には心の奥底まで染み入る思いであった。

「手段はございますが……」基氏は家時に冷ややかな眼を向けた。「今事を為すに当たって危ぶまずにいられぬのは、誰をどれほど信じ、誰をいかに操ればよいかという事が、まだ判然としない事でございます。それさえはっきりとすれば、もう事は成ったも同然。常に事の成否はそこにかかっておりましょう」

「やはり北条宗方を動かすしかないか」頼氏が嘆息しながら言った。「とはいえ、宗方という人物は時々常軌を逸して、なにをしでかすか知れぬようなところがある」

「確かに――」基氏が頷いた。「何事を為すにも、定石通り動いてくれる人物は、利するに扱い易うございます。しかれど宗方の心中には常に鬱屈した不平不満があり、それが時に何をやりだすか知れぬほど落ち着きを失わしめるのでございましょう」

三人は暫く黙り込み、それぞれの思いに耽った。

北条宗方という人物は、得宗貞時の従弟に当たる。内管領として幕閣の中枢にありながら、宗方の心中には大きな憤懣がある事を、足利父子は早くから見抜いていた。宗方同様、得宗貞時の従弟に当たる師時が、先に執権となった事に、宗方はなによりも不満を抱いている筈であった。そのうえ連署時村の孫が、得宗貞時の養子となっていて、その将来が約束されていた。宗方は幕閣の要職にありながら、前途は得宗、執権、連署に立ち塞がれ、これ以上の栄達は望めそうになかったのだ。そこに足利父子は、眼を付けたのである。

「いかにしてもここ二、三年のうちに、得宗と連署と内管領を一挙に屠り、幕閣を膝下に据える位置に立たねばなりますまいが……」今川基氏がゆっくりと息を吐いて言葉を継いだ。「三者を一挙に屠る事は、容易な事ではございませぬ」

「それを遣るのだ――」頼氏が厳しい口調で言い切った。「如何にしても、為さねばならぬ」

九

翌嘉元二年の正月、得宗貞時の館に鎌倉在府の主立った諸大名御家人が招かれ、質素な賀宴が持たれた。当日は勿論、足利家時も招かれていたが、その折、隠退していた頼氏も、特に請うて出座した。

その席上、足利頼氏は連署時村を始めとする彼の一派の者を掴まえては、家時に対する不平不満を、ひっそりとその耳許へ吹き込み始めたのである。

「歳は取りたくないものよな……」頼氏は連署一派の者へ万遍なくそう話しかけた。「家時に家督を譲った事は間違いであったな。あやつは他人の気持ちを汲んで、事を処す術を知らぬ。一族中に諍いが絶えない。困った事よ」

その一方で、足利家時は内管領北条宗方一派の者達を捉えては、父頼氏に対する不平を並べたてたのである。

「頑固者で融通が利かぬ。すでに隠居して久しいのに、一家の宰領に悉く口を入れようとする。その所為で家中に争い事が絶え間ない。困ったものだ」

その日のうちに、足利頼氏・家時父子が不和の仲という噂が流れた。頼氏と家時は賀宴の果てた後も、別々に家路についた。

――その夜、帰邸すると直ちに二人は一室で顔を合わせた。頼氏も家時も妙に頬を強張らせ、ぎこちない表情を造っている。二人から僅か下手に、今川基氏が端座していた。

「首尾は如何でございましたか」

基氏は張り詰めた気分を解くように、努めて柔和な表情を装い問い掛けた。

「上々と申したいところだが……」頼氏はすでに強張った表情を緩めていたが、冷厳に応えた。「獲物を得るには、まだまだ刻をかけねばなるまいて」

「それゆえに心苦しい事でございます。肉親が互いに、わざと啀み合うふりをしなければならぬとは……」

「それを申すな」頼氏は厳しい口調で遮った。

足利父子が不仲と知れれば、連署時村及び内管領宗方一派の者は双方とも、互いに己の方へと近寄ってくる者に対して、警戒心を解いて当たるに相違なかった。足利父子はその隙に付け入って、そんな両派の動きを探り出そうと考えたのである。連署と内管領がお互いに内心で相手を如何に扱おうと図り、幕閣にどのような態度で当たろうとしているのか、その正確な動きを掴むには、相手の懐へ入るより他になかった。その為には足利父子の間が波風ひとつ立たず、強固な絆で結ばれていると世に喧伝されていては、具合が悪かった。それでは両派の者は警戒心を解くどころか、接近してくる足利家にかえって疑惑の眼を向けるに相違なかった。そこで足利父子は当分の間、家中でも不仲を装う事にしたのである。

「自今、聞き苦しい事を口にするな」

頼氏は基氏の眼をじっと見詰め、とどめを刺した。

三ヶ月後、晩春の宵、足利邸の庭の一隅で、散り敷いた桜花の上に茣蓙《ござ》を敷き、三人は盃を酌み交わしていた。

「内管領一派の動きは、ある程度掴めました」まず家時が切り出した。「宗方は侍所代官（長官は執権）を兼ねています故、いざという時、鎌倉勢の軍事権は己が掌握出来るという自負を持っているようでございます。宗方は単純に連署時村さえ除けば、得宗貞時は己を最も重く用いるに違いないとみて、得宗に対してはそれほど敵意を露わにしてはいませぬ。宗方は得宗に対して、何か鬱屈した心根を持っている様子で、強く出ようにも出られぬのかもしれませぬ。得宗に押さえられたそのような質が、いったん連署時村に向かうと、時には何を為出《しで》かすか知れないほど昂ぶり、場合によっては軍勢を動かしかねませぬ。今はただ、事を起こすだけのきっかけが見当たらぬ故、手控えているだけの事でございましょう」

「内管領宗方が力ずくで連署を倒さんと掛かるだけの、何か端緒となる事情がないものか探り出さねばならぬよな」頼氏が顔を曇らせた。「いくら内管領とて、訳もなく軍勢を動かし連署を討てまい。そこまで内管領の心を駆り立てるだけの鍵を、見つけねばなるまいて」

「連署時村の方は内管領の出方を、如何に受けとめているのでございましょうか」今川基氏が頼氏に向かって首を傾げた。

「連署は老獪だ。内管領の不平不満が昂じてくるのを黙って見詰めている。というより、内管領が羽目を外して何か為出かすのを待っているといった方がよかろう。連署はその機会さえ捉えれば、一気に内管領を屠る算段を巡らすに相違ない。が、今はただ落ち着いて構えている。得宗貞時が背後に控えているという強みがあるからな」

「では得宗は、連署と内管領一派の暗闘を如何に見ていましょうか」

「関わり合う事を避けていようぞ」

「という事は……」家時と今川基氏が同時に聞き返した。

「得宗貞時は何を見聞きしても、両派の間に立って動くまい、という事だ。おそらく今後とも、両者の暗闘を、見て見ぬ振りをしているに違いあるまい。常に無関心な様を装うとしている。わざと、な――」

「それには何か訳が……」

「ある」言って頼氏は暫く口を噤んだ。辺りに夜闇が忍び寄り、湿った暮れ方の風が頬を撫でる。垂れこめた薄闇に浮く頼氏の表情が急に暗く沈み、重々しく口を開いた。「なんとはなしに得宗の底意が読めるような気がする。何か企んでいるのではないかと微かに覚えるだけなのだが……。口では言い表せない何かが、得宗の心の底にあるようだ」


翌嘉元二年の新春、足利頼氏、家時、貞氏及び今川基氏を始めとする主立った足利一党の者は、揃って鶴岡八幡宮に詣でた。鎌倉在府の諸大名御家人も、威儀を正して数多く参詣していた。

足利頼氏と家時はそれ等の人々の面前で、お互いに相手の身を労り合うかのように振る舞った。足利父子はこの時から後、仲違いしている振りはもう決して装うとはしなかった。連署と内管領の暗闘にこれ以上深入りすると、もし変事が起こった時、足利家自体を危うくする恐れがあると判断したからであった。

参詣する人々の流れは、本宮参道の石段を上りながら、一様に木々に囲まれた山上の社殿を仰ぎ見るような形で進んでいる。参詣を終えた足利父子と一党は、そんな人々の流れに逆らい、ゆっくりと参道を下りた。かつて源実朝が承久元年、参詣の帰途に殺害されたのがこの参道であった。以来、北条氏が執権として、天下の権を掌中にしている。この参道に立つ度に、足利一党の者は、常にその事を考え詰めねばいられぬよう慣らされていた。

石段を下りきると、今川基氏がつと頼氏と家時の背後へ寄り添い、低く声を掛けた。

「種を蒔いてやらねばなりませぬ。内管領宗方を動かすには、それ相応の種を近いうちに蒔いて……」

「背後に足利家がある事を決して悟られてはならぬ」頼氏は基氏の方を振り返りもせずに応えた。

「時機を充分に吟味した上で掛かれ」

「内管領は近頃、政庁へ出仕する事も怠りがちで、たまに執務に当たっても、憚る事なく不平不満を漏らしているとの事。もう内管領を陥れるに、それほどの労はいりませぬ」

「如何にして、その種を蒔くつもりか――」家時が基氏の方をちらっと振り返って訊いた。

「館を一棟、焼き払うだけの事――。密かに人を遣わし、さる御方の館へ付け火いたしまする」

「放火するとな。誰の館に……」

「得宗――」

「それだけの事で如何にして内管領が動き、得宗や連署をも滅亡へと追い込めるのだ」

「世上に噂が流れまする。内管領一派の者が、宗方の不遇を恨んで付け火したのだ、と」

そのあと三人は押し黙ったまま、ゆっくりと足を運び社を後にした。松林に囲まれた馬繋ぎ場に入ると、松脂の匂いが新春の微風に乗って漂ってくる。なおも三人は無言のまま帰路についた。


その年の三月下旬、陽春の京の都を大地震が襲った。そのほとぼりがまだ冷めやらぬ四月初旬、突如今度は鎌倉の街々が大地震に見舞われた。倒壊した家屋は百余を数え、人々はこの後にまた何か天変地異が起こる事をなんとはなしに予感し、人心は不安に揺れ物情騒然としてきた。

足利父子はこの機会を捉えた。人心の動揺に付け込み、天下の政情を覆《くつがえ》す絶好の機であった。不安に揺るぐ人々の心は、ちよっとした扇動にも動かされ易い。

足利父子は本拠下野国足利荘を始めとする各地の所領に、密かに兵備を蓄えた。そうした上でその月の二十二日丑刻頃、予てからの計画通り得宗貞時の館を、付け火によって焼亡せしめた。

翌日、早くも巷間には、何者かの放火による仕業と流言が飛んだ。内管領一派の者が、得宗を恨んでの仕業かと噂された。足利一党に密かに扇動された者達は、内管領一派の工藤、和田、有光等の武士達の耳許までそれを吹き込んだ。当然、彼等の口から、内管領宗方の耳まで聞こえずにおかない筈であった。

そうした流言が乱れ飛び、人心がいやが上にも動揺している中で、館を焼失した得宗貞時は、連署時村の邸へ移ったという事であった。

が、その日の夜半、その連署邸が突如、数百の軍兵に囲まれ襲撃されたのである。夜闇を貫いて松明《たいまつ》が走り、駆け回る兵馬の騒擾が、遠く足利邸まで伝わって来た。足利父子の策謀は、まったく計画通り運んでいるように見受けられた。

翌朝、事の次第を探らせる為に、所々へ出してあった物見の者が、次々と足利邸へ戻ってきた。まず最初に帰投した物見の報ずるところでは、連署邸を襲ったのは内管領一派の工藤有清、和田茂明等の武士達で、北条時村は殺されたらしいという事であった。

「しかと判明しているのは、それのみか」頼氏が急き込んで尋ねた。物見の郎党は頷いて低頭した。

頼氏は珍しく微かな狼狽を眼に走らせ、傍らに控えている今川基氏の方を見た。そのまま強張った表情で、次の物見が戻ってくるのを待った。が、次に帰投した物見の報ずるところも、前者と大差なかった。

「得宗は如何致したか判らぬのか」

頼氏は苛立たしげに声を上げた。物見の郎党は何を訊かれたのか解せぬ様子で言葉を失している。今川基氏は気を利かせて、急いでその郎党を下がらせた。

「得宗貞時はいったい生きているのか、死んでいるのか」

頼氏はゆっくりと息を吐き、低く呟いた。知りたい事はそれだけであった。いくら連署を殺したところで、得宗が生きているかぎり、天下の政情は覆《くつがえ》しようがなかった。

足利父子は今川基氏と談合して、新たに一人の郎党を、得宗の行方を探らせる為に送った。その郎党が戻ってきて得宗の在り様を報じたのは、夕刻に近かった。

「得宗貞時様は嫡子成寿丸様と共に、その舅・安達時顕様の邸へ入られ、回りを長崎高綱、宇都宮貞綱の軍勢で固め、既に事の理非を糾明されるべく動いておられる様子にございまする」

「得宗は安達の館に、とな……。確かか――。前日、連署邸に入ったのではなかったのか」

「聞くところによりまするに、確かに得宗貞時様は前日、連署邸に移られました。しかるにその日の夕刻、何故か急に連署邸を密かに退出され、安達邸へと移られた由にございます」

「謀られたか――。崇演（貞時）奴が――」頼氏は初めて度を失い、声を荒げた。「では、内管領宗方は如何した――。得宗を討ち果たさんという動きを見せているか」

「いいえ、内管領はまったく動いておりませぬ。連署邸を襲った武士達にしましても、得宗が派した兵に抗する事なく降った様子でございます。むしろその一党は功名を挙げたつもりでいて、報償されるものとさえ思い込んでいるようだと申します。伝え聞くところによりまするに、連署邸を襲えという命は、将軍家（久明親王）から出たものだと、その一党は称しているとの事でございます」

「下がってよい」頼氏は顔をしかめ、郎党を追い払った。

「内管領は愚かな事を演じてくれましたな」今川基氏が低く呟いた。「もう少し目端の利く人物だと思っていましたが、このように陋劣《ろうれつ》な策しか巡らせぬようでは、まるで己の首をおのが手で締めているのと同じ事……。連署を討ち果たすより、先ず得宗を討つ事に掛かるべきであった」

「いくら将軍家の命を受けたと称し軍勢を動かしたところで、得宗を討ち果たさぬかぎり、詮議を受ければ直ぐに張本人は内管領と知れ、いずれは懲されようものを……」基氏の言葉尻りを受けて、家時はしたり顔で頷いた。「事を起こすに当たって内管領は、かように拙い結果に至りし行く末を予測し得なかったのか——」

「それを上回って得宗の目端が利いたのじゃ。当然、かような結実を見る事を、我が方も考えておくべきであった。得宗は大馬鹿者ではない。それは前々から分かっていた事なのだが……」頼氏は瞳を宙に凝らしたまま続けた。「昨年の春、得宗は連署と内管領との暗闘を見て見ぬ振りをしている、と話した事があったろう。得宗は知らぬ振りを装いながらも、巧妙に両者の力関係を読んでいたようじゃな。得宗は執権師時に次いで、その職責を受け継がせる者として養子煕時、そしてやがては嫡子成寿丸へと考えているに相違ない。その体制を万全のものとするには、今の内に幕閣の悪腫を潰して粛清しておかねばならぬ。その為に連署と内管領を衝突せしめ、その機を捉えて一気に内部の粛清を図ろうと、前々から考えていたのではないかと思われる。巧みに身を処し、両者の間に何か事が起こるのを、得宗は待っていたと見る事が出来よう。さらに申せば、この度の事件を暗に引き起こさんと、実は得宗が謀っていたのではないかとすら考えられるが……」

「確かに——」今川基氏は瞑目して頷き、気を鎮めて応じた。「たとえ得宗にそれほどの意図はなかったとしても、かような結実を予測し、わざと見過ごしていた事は確かでございます。内管領の遣口が余りにも陋劣にすぎましょう。これはひとえに得宗の巧みな罠に陥ったとも考えられまする」

足利頼氏は表情を引き締めて、家時と今川基氏の顔を交互に見詰めた。

「暫くは妄りに動くな。得宗の為す事には油断がならぬ」

——それから十日後の五月二日、連署邸を襲撃した武士達のうち、十二人が斬首された。さらにその二日後、詮議の結果、一味の張本人は内管領宗方と決着し、得宗は北条宗宣、宇都宮貞綱麾下《きか》の軍勢を討手として内管領邸を囲み、宗方を殺した。権力争いも全く愚かな結末を見たが、ただひとり得宗のみ、内心で北叟笑んでいたかもしれなかった。

十

その後数年、世上にはかくべつ重大事も起こらずに過ぎた。延慶元年、花園帝が即位し将軍久明親王が鎌倉から追放され、新たに守邦親王が迎えられた事が、事件といえば事件であった。その翌年、蒙古軍が再び襲来する恐れがあると太宰府より伝えてきたが、何事も起こらなかった。

それから三年後、応長元年に至り、急に世上は慌ただしく変転し始める。この年の九月、執権師時が三十七歳の若さで急死したのである。

足利父子の落胆は大きかった。師時の子に望みを託そうにもまだ幼く、頼みにならないのだ。執権の外戚たらんとする野望は、殆ど絶たれたといってよかった。

この一ヶ月後、得宗貞時がこれまた急に四十一歳で没した。これによって、この時九歳の成寿丸

（高時）が得宗を継ぎ、執権には北条宗宣が就いた。が、この宗宣も一年足らずで卒し、北条煕時が執権となる。

時に足利頼氏も、すでに老境にあった。そしてこの頼氏すらもこの年の冬、風邪をこじらせて床についたかと思う間もなく、急に卒した。先年急死した師時に、掛けていた望みを絶たれた衝撃がこれまで尾を引いて、頼氏の老衰を早めたかのようであった。

死に至る前日、頼氏は家時を枕辺に呼んだ。そして、――自今、八幡様（源義家）の生まれ変わりという事を忘れて、家事に尽くせ――と言い残した。この時、家時は四十二歳である。

頼氏は家時を枕頭から追うと、代わって今川基氏と吉良貞義を呼んだ。そして頼氏は息を引き取る間際までその二人と長い間、何事か密談を交わしていた。家時はこの密議の内容を、後年に至るまで知らなかった。

――執権煕時もこれより三年後に死去する。北条基時がその跡を継いだが、これまた一年余で死ぬ。ここに於いて北条高時（成寿丸）は、僅か十四歳にして得宗執権と成った。正和五年の事である。

この時、内管領に就いたのが、長崎円喜入道高綱であった。長崎高綱という人物は、かつて幕政に強権をふるい得宗貞時に誅された平頼綱の弟光綱の子である。高綱は執権高時の舅安達時顕と共に得宗貞時より後事を託され、高時をなによりも擁護する立場にあった。が、高時が凡庸な為、幕政はかつての平頼綱以上に、長崎高綱等の強権のよる専制支配となった。

執権高時の周辺が高綱一派の強固な絆で固められているかぎり、足利家にはもう幕閣の何処にも付け入る隙が見出せなかった。足利家時は全く身動きが取れず、当分は逼塞していざるを得なかった。

——その年は春先から、天候異変が続いた。雨の日や日照りが打ち続くというのでもなく、毎日が陰気な曇り日続きで、四月を迎えても冬のように寒かった。足利家時は家中の者達に勧められるまま、陰陽師に占わせてみた。結果、災厄が多発する飢饉の年と顕れた。

そこで家時は一族の者に命じ、兵糧を足利荘に蓄えさせた。穀類は言うに及ばず、あらゆる衣類や農工具に至るまで、各地の足利一党が支配する荘に備蓄した。が、夏に入ると天候は幾分回復の兆しを見せ、稲の実りも平年並みに戻っていくようであった。

しかし初秋の空を見る頃、足利の一党が謀叛を企てているという噂が、何時の間にか鎌倉市中の隅々まで流れていたのである。各地から集めた兵糧を足利荘に蓄え、密かに武士を募って軍備を整えているというものであった。

それに輪を掛けて、足利家時は源義家より数えて七代目の孫に当たり、その生まれ変わりとして天下を窺う下心がある、と今頃になって噂され始めたのである。

たとえ噂話にすぎなくとも世上に大きく取り沙汰されれば、幕閣から譴責を受ける種になる。事情をよく調べてみると、そのような流言を飛ばしているのは、実は内管領長崎父子の策謀であると判明した。なにかにつけて足利家を抑えようと図る幕閣の猜疑の眼は、依然として事ある度に、足利家へ向けられていたのであった。

それと知った今の家時は、心のゆとりを失していた。そのような幕閣の眼を反らせるだけの策を巡らす術も思い至らず、徒に思いあぐねているのみであった。まして、幕府に表立って叛する力も、坑ずる智慧もなかった。いつ譴責を受けるともしれぬ抜き差しならない羽目に立たされながら、どうにも動きが取れないまま、その年を越した。

——翌文保元年正月、今川基氏を始めとする足利一族中の主立った者が揃って、善後策を講じる為と称し足利邸に参会し、一室で家時と対座した。一座は最初から、なにか異様な雰囲気に包まれていた。外は一面雪景色で、寒気が吹き荒んでいたが、一同の表情は熱を帯びでもしたかのように異常なほど漲っていた。

「御承知のごとく足利家は今重大な危機に瀕しております る」今川基氏がまず一同を代表して、家時に向かい口を切った。「右大将家（源頼朝）亡き後、和田、畠山、三浦と源家に縁深い名族は、あらかた北条氏の奸計《かんけい》に掛かって滅ぼされました。しかし、ここにひとり足利家のみは歴代、北条氏と誼みを通じ、今日まで家を守り立てて来たのでございまする。これもひとえに北条氏と通婚し、隠忍自重、時を送ったからにほかなりませぬ……」

「…………」さような事など言わずもがな判っているというように家時は首を振り、基氏の言葉を遮らんと口を出し掛けた。それを基氏は手で制し、一段と声を高めて言い継いだ。

「しかるに家時様には、北条家に対して為す術を知らず、今日のこの危機を招かれた……。故にこの事態を切り抜ける為、家時様には身を処していただかねばなりませぬ」

「なんとする——」

家時の反問にも関せず、今川基氏は更に言葉を継いだ。

「自今、如何なる手段を用いても、足利家を保ち続けねばなりませぬ。しかるに幕閣の猜疑の眼は、あくことなく家時様に注がれております る。そこで我ら一同、この場にてお願い申し上げまする。今幕閣の譴責を避ける得る方法はただ一つ……」

「一同揃い来たりて、この家時に腹を詰めよと申すのか――。今日まで密かに天下を窺い、家を守り立てる柱となったのは、この家時あっての事だぞ」

「違いまする。家時様は決して八幡様の生まれ変わりでもなんでもございませなんだ」

「なにを申すか……」

「ただの木偶《でく》でございました。少し小賢しいのみにて、人物としては何の取り柄もなく、並の男にも見劣りしまする」

「無礼な雑言――、許さぬ――」

「まあ、聞かれませい」今川基氏は膝を進め、居丈高に家時を睨み返した。「これまで我ら一党が信頼し従っていたのは家時様にあらず、故頼氏様に対してでござりました。家時様は常からただ頼氏様の意を汲んで動いておられたにすぎませぬ。頼氏様は家時様が元服なされた頃より、既にその凡庸な様を見抜いておられました――」

「…………」

「八幡様の生まれ変わりどころか、家時様にはその器量のかけらすらない事は、御自身でとくと承知されている筈でございましょう。いつでも家時様は多少不都合な出来事が起こると、黙って避けておられました。それを沈着と見られよう人があったやも知れませぬが、この基氏はそうと受け取りはいたしませなんだ。御自身でとても八幡様には及びもつかぬ事を知り抜いておられただけに、何か事が起こっても思い切って表に立てなかったのでございましょう。己の凡庸さを暴露せぬ為の用心で、汲々とされていたのみ。ただ頼氏様の意を汲んで事をうまく処する、それ以外に己の身を全うする手段はなかったのでございましょう。たまたまこれまで家時様が為し得た事は、総て頼氏様がその背後に控えておられてこそ成った事なのでございます。それが為頼氏様亡き後、あらゆる事で幕閣の後手に回り、後れを取る羽目に陥りました。猜疑の眼を光らせる内管領の動きすら読み取れず、それに対処する方策も立て得られませず……」

「…………」家時は無言で座を立った。奥書院へ入り、暫く瞑目して端座していた。

そのうち家時はふと十幾年か前に別れた平宗綱の顔を思い浮かべていた。どうせ潰れよう家なら、他人に潰されるより己の手で潰そうとしたのだ、と宗綱は言っていた。

今、家時は、あの時の宗綱とは反対に、己の身を滅ぼして家を保とうとしているのであった。それでいながら家時は、己の手で家を潰した平宗綱よりも沈んだ気心しか持てぬ事を知った。

今川基氏に言われるまでもなく、家時は常に頼氏の意を汲んで動いていたのみで、己の意志を貫き通した事はなかった。しかるに宗綱は敗れたりとはいえ、最後には己の意志を通したのであった。

家時は深く吐息をついた。その時、縁側の板戸が急に開いた。寒気が部屋に流れ込んできた。家時は宙に一点に眼を凝らし、心を乱さぬよう正座し直した。

その正面へ吉良貞義が、無断で入室した無礼を詫びながら寄ってきて座した。そして貞義は、不躾なほど家時の方へ顔を寄せて囁いた。

「今川どのを恨みに思われませぬように――」

「…………」

「今川どのは総て、故頼氏様の御意志に従われたまででございます。かつて頼氏様は御臨終の間際、この貞義と今川どのを枕頭に呼ばれ、後事を託されました。――万が一の場合、家時様に総ての責めを負わしめても家を守り立てい――というのが頼氏様の最期の御内意でござりました」

「父上が、か……」

あとの言葉はなかった。

翌日、家時は切腹した。行年四十七歳。

家時の遺言には、こう認められている。――足利の天下、時節容易に来たらず、我が命を縮め申すにより、子孫三代のうちに天下を取らしめ給え……。

この家時の孫・高氏が、後の征夷大将軍・足利尊氏である。

めぐさ戦記

阿古根《あこね》が成長するにつれ、その両親はなにげなく顔を見合わせ、ふとため息をつく事が、時たまあった。

そんな折、決まったように顔を曇らせる両親の視線は、健やかに伸びた阿古根の姿態に注がれる。

ここ一年ほどの間に、阿古根は目覚ましく胸元も豊かになり、腰つきもしっとりと大人びていた。

それを彼女の両親は、人知れず隠すように育ててきたのである。

郡衙《ぐんが》の役所には、阿古根の成年まで偽り、歳十六として届けられている筈であった。家の外では、年端もゆかぬ童達と遊ばされた。胸元を隠し、事毎に幼く振る舞うよう言い含められていたのである。

しかし阿古根は、そんな偽り事を嫌っていた。本当は十八歳を過ぎている事を知っていた。田畑の生業《なりわい》も自ら進んで出ようとし、鋤《すき》や鍬《くわ》も人一倍、力強く揮ってみせた。

母は阿古根の逞しさをみとがめるように、眉をひそめた。早く屋戸へ戻るようにと誘うのである。

「そなたは、まだまだ幼いのじゃ。そのように鍬を使っては疲れるばかりぞ。もう帰って休むがよい。後の野良仕事は、お父と二人で充分にこなせるわ」

昼時を過ぎると母は、いつもそう口にする。郡衙の役人が見回りに来る頃あいでもある。何時となく、そう言わずにいられなくなったのであろう。

「いかに秘めましょうと、いずれ半年か一年の間に、労役へ召されましょう。お勤めは不足なく果たしてきますゆえ、気遣いはいりませぬ」

阿古根はわざと陽気な態を装い、鍬をふるって土片を飛ばしてみせる。

「そなたの姉、阿奈利《あなり》もそのように申したわ。そのあげく労役に就き、難波宮へと指して行ったのは三年前の事。したが、未だに戻ってこぬではないか」

母は悔やむ思いを、口の端へ露わに見せた。遠く畝傍山の彼方へ、阿奈利の面影を追い求めるように眼を投げた。

阿古根は田畑の横手を流れる飛鳥川の辺りまで駆けた。母に倣って畝傍山の東北を見はるかすと、数代前の先帝の御陵が、美しい稜線を見せている。

彼女が住まう飛鳥の里へ戻るには、御陵を目当てに進めば辿り着けた。春の野を分けて、きらっと川面が煌めく飛鳥川を辿れば、数百の屋戸が点在する里に至る。折しも幾筋かの炊煙が、のどかな野を渡る風に揺らぎ始めていた。

「そなたが労役に就いてしもうたら、いかほど寂しい思いをする事か」

阿古根は川辺で、野草を摘み始めた。ため息まじりの母の声が、間遠い。

「姉者は何処かで、必ず生きておられます。思わぬ時に戻ってきて、きっと驚かせるおつもりでありましょう」

あくまで明るく、阿古根は応える。もし己が軍役に就いた時は、何をおいても姉の消息を聞き出してくる心積もりであった。姉の阿奈利が女軍《めぐさ》の軍役に徴されて、三年を経る。生死も定かでない。

毎年、厳しい残暑が山肌の緑をなぎ、秋の収穫が終わる頃を見計らい、郡衙の役人が雑仕を引き連れ、各々の村里を巡ってくる。年頃になった男女を、召し出して改める。

今年、飛鳥の里に課せられた徴役の人数は、九人である。阿古根が労役の人数に加えられる見込は充分にあった。

役人達は徴集した人数を纏めると、時の帝がおわす難波宮の方へ連れて行く。難波を都と定め、高津宮にて政事を営まれる帝は、十数年前から、途方もない大掛かりな御陵を、造営されている最中と聞こえている。

これまで、延べ十数万人の労役が各地より徴され、難波より百舌鳥耳原《もずのみみはら》の御陵地にかけて動いているという。

駆り出された男達は、石を切り出し、周濠を穿《うが》ち、土砂を運び陵地に盛る等々、力仕事の労役に使われる。

常に数万の人数が携る使役の為、何処の地でも、男の働き手が不足していた。重税を課された各地では、反乱も絶えず起こる。乱を鎮圧する為、兵を派遣しようにも、御陵の造営に殆どの男手が使役され、軍兵の数が足らなかった。

そこで七年前から、女達も労役に徴用される事になったのである。女軍として、軍役に就かされたのだ。

徴された女達は、造営中の御陵を囲繞する夥しい数の兵舎へ繋がれる。剣、鉾、弓矢等の扱い方から、日常の立ち居振る舞いまで、厳しく習練させられるのであった。

平常、女軍は造営中の陵地の警護に当たり、また難波宮の守衛としても使われる。更に、各地で反乱が多発した際には、時として乱賊の鎮圧にまで派遣される事があった。

阿古根の姉も三年前、女軍に徴されて、半年余りの習練を経た後、伊勢の国で起きた反乱鎮圧の為、出征して行ったきりである。数ヶ月に渡る戦闘を経て、女軍は難波宮へ帰還したと聞かれるが、阿奈利は消息を絶っていた。

畝傍山に陽が傾く頃、阿古根は母に促され、帰り支度を急がされた。風に舞う草花のそよぎが、妙に心地よく身に染みる。大和の野山は、日毎、夏めいてくるようだ。

「たとえ労役に召されようと、その時は剣を持たされても下手に扱え。弓矢を執っても、わざと的を外すがよい。この事、しかと忘れまいぞ。母に約束するのじゃ」

鋤鍬を纏めて担いながら、母は阿古根を見据えて言い継いだ。

「女軍の兵士に、なってはならぬ。されば、かりに女をひさぐ役をあてがわれようと、命までは執られまいに」

徴用された女達の中には、兵士としての習練を施されても、軍役に適わぬ者が、必ず幾人かはいた。そんな女達の行きつくさきは、労役に従事する男達の慰み女とされる事である。昼間は食事の賄いや雑役に使われ、夜は女として、男達の慰みに供される役割を与えられた。ただ唯一の救いは、兵士として戦う訳ではないので、生命は殆どの場合、全う出来たのである。

今母はそれを言っている。男達の慰み者に堕ちてもかまわない。なんとか命だけは、長らえるようにと、望みをかけているのであろう。

いいえ、慰み女にされるのは嫌です、と阿古根は言いかけた。だが、思い詰めた母の姿を眼にするうち、口に出しかねた。しかし、心の奥底では、女軍を率いる長にでも、成ってみせるというほどの志しが息づいている。まして女軍に入らねば、姉の行方を探る事が出来ぬと思われた。

二

「秋の穫り入れ時をも待たずして、徴されるとは、よほど人手が足らぬのであろうか」

例年になく早い時節に、阿古根が労役の徴集を受け、母は愁い顔であった。常なら、夏を迎えたばかりのこの季節、労役の人別を改められる事はあっても、徴されるには、まだ間があるとみていたのに違いない。

「必ず帰ってくるのじゃぞ。為に、母との約束、決して忘れるでない」

出立の日、阿古根の身仕度を調えおえると、母は首から勾玉を外した。玉の環を、阿古根の首へ掛けながら、涙眼を隠すかのように、隣戸の方へ眼をやった。

「この度は、隣りの屋戸の娘、沙里子《さりし》も徴され、そなたと共に行くと聞く。あの娘の手足はか細く、そなたより幼く見えるのに、気の毒な事よな。共に手を携えて、戻ってきて下されや」

日頃から沙里子とは、野花を摘んで遊んだ仲である。背丈はそれほど変わらぬものの、動作は柔弱で、阿古根ほど、しなやかに伸びた足腰の敏捷さはない。近隣の童達と野兎を追っても、素手で捕える事が出来たのは、阿古根のみである。野を駆けても、沙里子は常に後ろから息急ききって、やっと追い縋ってくる。厳しい女軍の軍役に就けるであろうかと、案じずにいられなかった。

「沙里子にはそれなりに、優れた女色がございます。いらぬ気遣いをなされますな」

阿古根はどこまでも笑顔を見せて、言い継いだ。

「必ず、戻ってまいりましょうほどに」

蝉時雨が騒がしく、峠の山道に降り注ぐ、夏の一日である。

阿古根達の一行は、郡衙の役人に率いられ、難波の都を指して、二上山の南、竹之内峠を越えた。

山肌の緑が眼に染みて、移り行く景色が眩しかった。河内の国へ入ると、暑さが急に増したかに思え、ひっきりなしに汗が滴った。

郡衙の役人は、行く先々の邑里で、使役の人数をかり集めて行った。難波の都へ至る頃には、一行の人数は男女合わせて、百五十人を超えている。

延々と打ち続く、難波宮の長塀が見え始めると、阿古根は、歩き疲れた沙里子を庇い、微笑んだ。二人共、都を目の当たりにするのは、初めてである。

時の帝、おおさざきの尊《みこと》は数十年前に登極され、大和朝廷は北方の蝦夷地を除き、ほぼ全土を統一している。遠く任那にまで、衛府を営まれていると聞かれる。更に難波宮の南方、百舌鳥耳原の地に造営中の御陵は、起工してより十八年を経ているが、未だ完成をみていない。

南大門を抜け、壮麗な都の佇まいが眼前に拡がると、阿古根は広大な景観に、ただ圧倒された。彼方に聳える内裏の殿舎は、夏の陽光に映え、望み見るほどに身の竦む思いである。都大路に至ると、整然と区画された街路が東西南北に走り、行き交う人々の艶やかさに眼を見張った。

高貴な人々は、金製の垂飾が煌めく耳飾りを着けている。歩揺が付けられた冠は、歩むごとに涼やかな音色をたてる事であろう。髪をみづらに結った人々が纏う、衣の美しさに見とれ、阿古根はしばし佇んだ。

「跪いて拝礼せよ」と、突然、郡衙の役人に小突かれた。「高貴な御方と、眼を合わせるな。汚《けが》れになると申され、斬られるやもしれぬぞ」

阿古根は改めて思い知らされた。自分達は奴婢に近い、使役の雑人にすぎぬ事を。

「一度でもよい。あのように美しい衣を纏うてみたい」沙里子が無邪気な眼を向け、小声で言った。

「いかにしても、あのような衣を手に入れ、持ち帰りましょうぞ」

否、それは成らぬ事であろう、と阿古根には思われた。己の行く末に、どのような巡り合わせが待ち受けているか、薄々悟り始めていたのである。飛鳥の里にほど近い栗原の地には、衣縫部《きぬいべ》と称される渡来した漢人が住まい、そこから幾多の織物が都へ運ばれている事は知っていた。が、阿古根はその衣を眼にした事もない。高貴な人々にとっては、使役の雑人など虫けらごときものにすぎぬであろう。髪をみづらに結う事さえ、ままならぬのではあるまいか。しかし沙里子には、それを言わなかった。

「あのように美しい衣は、いかにして綾どられるのでありましょうか」

阿古根はそう応えたのみで、沙里子の汚れたぼろ着を見つめるのであった。


その夜、阿古根達の一行が泊められたのは、都の内郭ではなかった。難波宮内では、所定の官省で、人別を改められたのみである。役人達は官省方の指図を受けると、直ちに朱雀南大門を素通りして、都の外へ出た。

大門を出てから、半里程も歩かされたろうか。台地の外れにある粗末な屋戸へ入れられた。雨露を僅かに凌げるのみの、朽ちかけた陋屋である。その土間に莚《むしろ》ひとつで寝かされた。

翌朝、八十余人の男達は、女と分けられ、生駒山麓の方へと連れて行かれた。石切りの里で、石材の切り出しや運搬の使役として、早速こき使われる事であろう。残り七十余人の女達は、そのまま南下させられ、造営中の御陵を指して急かされた。

石津原の丘を過ぎると、急に前方がひらけ、巨大な御陵が眼前に逼ってきた。墳丘は八分通り工事が進み、斜面は人頭大の白い葺石で覆われている。

陽光に映え、白く輝きをます稜線を、阿古根は息をのんで見つめた。

御陵の周辺では、幾千幾万ともしれぬ男達が、周濠を穿ち、土石を運び上げ、修羅を引いている。遠く野の果てに至ると、それはまるで蟻のように蠢《うごめ》くのみだ。御陵を囲繞するように、粗末な屋戸が、幾重にも点在している。蒼い空と大地の間をぬって、所々に揺ぐ吹煙のみが、気怠さを覚えさせる。

「この地が百舌鳥の耳原などと呼ばれるのは、いかなる縁があっての事でしょうか」

沙里子が首を傾げ、埴輪を造る工人の屋戸を見つめながら言った。黙々と土を捏《こ》ねている埴輪師達の姿が、不思議な様に映ずるのかもしれない。

阿古根は、黙って首を横に振った。

かつて帝が行幸され、この地を陵地と定められた日、何処よりか鹿が走りきて諸人の中を駆け抜けたと見る間に、倒れて死んだ。鹿を調べてみると、百舌鳥が耳に入って食い破り、屍に至ったものとみられ、よってそう名付けられたのだが、彼女達の知る由もない。

阿古根は、あらぬ思いにとらわれていた。何故、幾万もの人々がこのような労役に携らねばならぬのか。心底に湧き立つ疑問を恐れるかのように、首を振ったのだ。

ふと気を取り直し、辺りを見渡すと、茹る暑さの中で、人々の動きは、ただ物憂げに見えるのみだ。思い巡らす立場の違いを、心のどこかで恐れていた。

一行は御陵へ至ると、周濠に沿って、東方へ進んで行った。御陵を警護する女軍の兵舎が、五棟ほど立ち並ぶ一角へ誘われた。辺りを警護するというより、逃亡を謀る労役の者を、監視する目的もあっての衛所であろう。兵舎へ入れられると、粗末な衣袴と紐帯を渡され、寝所を定められた。夜分、身を横たえる場所には、土間に莚が二枚重ねて敷かれているのみだ。

兵舎一棟ごとに、各地から徴された女軍が、百名ばかりを一区切りとして、養われている。彼女達は最初のうち、女軍雑仕と呼称された。雑仕三十余人を一つに纏めて、「火」と称され、「長」と呼ばれる頭がいた。

それぞれの雑仕は剣を帯び、鉾を扱う者と、弓矢を執る者とに別れている。雑仕三十名ごとの火を三隊纏め、百名を束ねる者は「尉《じょう》」と呼ばれていた。尉を五部隊纏めて「軍毅《ぐんき》」といい、軍毅を統べる者は「佐《すけ》」と称された。佐に至って、初めて男が任じられている。軍毅は御陵を囲繞する各所に、十数隊設けられていると、そのうち聞き知れた。

阿古根と沙里子は共に紫加美《しかみ》という尉が束ねる部隊へ配属された。軍団を統《す》べる毅には、宇直雅佐《うちわきのすけ》なる者が任じられているという。軍毅には近隣の有力な豪族が登用されるのが常である。宇直雅佐も大和か河内に勢を張る郡司層の出と思われた。

翌朝、稗《ひえ》粥の朝餉を摂りおえると、彼女達は直ちに兵舎前の広場へ集められた。広場の向こう正面には、高床の望楼がある。五百名の女軍が整列すると、楼台へ一人の男が現れた。歳の頃三十前後か、彫の深い精悍な面立ちが無表情であるほどに、その容姿にはどこか冷徹さが窺える。佐の位を示す藍色の大帯を締め、見事な飾りが穿たれた剣の柄が、朝日に煌めいた。彼は今日よりこの女軍を与かる宇直雅佐と名乗り、五百名の女兵を前にして督励した。

「故郷を想うな。父母を忘れよ」と、彼は言った。「ただ皇尊《すめらみこと》に身を捧げる事のみ慮り、軍役に励め」

その日から直ちに、女軍としての習練が始まった。剣、鉾、弓矢等の扱いから、集団での行軍、用兵上の動き方に至るまで、休む間も無く叩き込まれる。指導に当たる尉や長は、雑仕に対して容赦なかった。

阿古根は厳しい習練の中にあって、いつも心に期するものを持って励んだ。今彼女の心をとらえて放さぬものは、所属する隊の上司、紫加美尉《しかみのじょう》の姿である。居並んだ隊士の前に、初めて尉がその姿を現した時、阿古根は息をのんで見詰めた。鉢形の兜を被り、皮を鞣《なめ》した鎧を纏って、女軍兵を思いのままに動かす尉の姿は、なによりも凛々《りり》しく、怖いほど美しく映じた。

姉の行方を探ろうにも、相手が雑仕達ではなんの答えも得られなかった。尉や佐に少しでも近付く為に、一刻でも早く、紫加美のように成らねばという思いが心を占めた。事毎に尉の動作を見倣い、彼女を上回るほど敏捷に立ち回ろうとした。幾月も経ぬうちに、剣を揮う阿古根の動きを捉える者はなく、際立って他の雑仕より抜きん出ていた。弓を持たせても、尉より強い強弓を引こうとし、矢を遠くへと放つ事を競った。

半年余は瞬く間に過ぎた。その頃、いかに訓練を重ねても、鉾が満足に揮えず弓も充分に引けぬ女達が、女軍より外された。労役の男達の慰み女を囲う屋舎へ、移される事になったのである。宇直雅佐配下の女軍の内から外された者は、三十余名を数える。その中には、沙里子の姿もあった。

別れの日、涙ぐむ沙里子の手を固く握り締め、阿古根は彼女を労った。

「兵士として適わぬとはいえ、そなたには優れた女色が匂いまする。わらわなどとても及ばぬほど美しい。いずれ高貴な御方の眼にとまり、艶やかな衣を纏う郎女《いらつめ》たるのも、夢ではありますまい」

「もう二度と、逢えぬかも知れませぬ。そのような気がして、なんとも悲しい」

「あと幾年か、心を扼して耐え忍ぶのです。さすれば何年か後には、共に故郷へ帰る日もありましょうぞ。そなたは美しい衣を纏った郎女として、わらわは女軍の尉となって、飛鳥の里へ必ず戻るのです」阿古根は沙里子の弱々しい肩を抱き寄せた。「しかと、約束しましたぞ」

「したが、いかにすれば、再び見える事が出来ましょうや」

「毎年、鈴虫が鳴き始める頃合、満月の夜になるのを待ち、その夜にはなにをおいても難波宮の南大門へ集う事に致しましょうぞ。何事があろうと必ず、そこへ駆けつけるよう致しまする。分かりましたか」

沙里子は僅かに笑顔を見せて頷いた。どこまでもあどけない仕種で涙を拭う。この後、いかなる巡り合わせを迎えようと、沙里子の笑顔を再び眼にしたい、と阿古根は思った。

「そなたは草笛を吹くのが、得意でありましたな。その夜に逢う合図として、草笛を吹きながら姿を見せてくだされ。わらわも拙いながら、吹いていましょうぞ」

沙里子は頷いた。そして懐から、太紐を見事に編み上げた鉢巻を取り出し、阿古根へ手渡した。

「わらわが編みました。紐の中に銅鉄を組み込んでありますす。髪を束ねて、額を守ってくださりませ。わらわにはもう、不要の物でありますゆえ」

「かたじけない。大切に致しまする」

二人は暫く無言のまま、互いの顔を見詰めあった。涙の彼方に揺ぐ姿を、心に刻みつけた。鈴虫が鳴く満月の夜を決して忘れまい、と再び約し、二人はそのまま別れたのである。

三

ある秋日和の一日、阿古根が属する女軍の諸隊は、丹比道を経て、古市の方へ向かった。軍容を整える為の行軍であり、練兵をも兼ねて逐次、各個に諸隊を競わせた。

女軍に徴されて、一年余も過ぎる頃である。阿古根は三十余名の兵を与かる（火）の長に推されていた。その間、姉の行方も沙里子の消息も掴めない。鈴虫が鳴き始めた満月の夜、南大門で幾日か待ち受けたが、沙里子は現れなかった。

朝方に営舎を発し、丹比道を進み行くと、何代か前の帝の御陵が標となって眼に映える古市の里へ到着した。耳原の地と同様に、水陸交通道の要衝である。女軍の諸隊は、大和川と石川との合流点より更に東方へ進み、道なき草原へ分け入った。

宇直雅佐が統べる女軍五百の先頭には、常に、阿古根率いる弓勢が立っていた。尾花が一面に群生する野を分けて進み、昼過ぎには玉手山の麓へ至った。

その時、後続の隊から使い番が走り来て、阿古根へ向かい、先陣を司る紫加美尉の命を伝えた。

「この地にて暫く軍を休ませよ、との仰せでございます」

阿古根は行軍を止め、木陰を選んで兵を憩わせた。所々に屯する雑仕を見回り、疲れ具合を確かめる。そのうち近寄ってくる紫加美尉の姿に気付いた。尉は諸隊を巡視しながら、たえず声を掛けている。

「たとえ休息中でありましょうと、常に得物は身から離すまいぞ。いついかなる事が起こるか知れぬと、日頃から心得られませ」

紫加美は常から配下の雑仕達を、よく督励していた。播磨国から女軍へ徴され四年余、尉に任じられて二年足らずと聞かされている。阿古根より五つほど、年上の筈にも拘らずその姿態はなにをしている時でも、まるで躍るように若わかしく映じた。風に撓《しな》うような動作は見るほどに眩しく、それでいて男軍《おぐさ》も及ばぬ強弓を引く。どこにそれほどの力が潜められているのかと思わずにいられない。弓を引き絞ると、顔が紅潮して更に美しい。

時に阿古根は、彼女に声を掛けられるだけで胸がときめく。間近で息を嗅ぐのみでも嬉しく、常に尉の姿が現れるのを心待ちしていた。しかし、紫加美には宇直雅佐の想い者という噂が頻りである。

阿古根は眼前に広がる芒野を見渡し、風のそよぎを計っていた。風の向きを読んで矢を放て、と教えてくれたのは紫加美である。今にも彼女に声を掛けられようと、阿古根は待ち構えていた。

と、野面の一端が騒いだ。見る間に雉子《きじ》が二羽、鳴き交して飛び立つ。

一瞬、阿古根は弓に矢を番え、雄鳥の方を目掛けて射放った。矢は見事に雉子の胸許を貫き、舞い墜ちる。が、同時に横手から、雌鳥の方にも、矢が放たれていた。その矢は、雉子の羽を掠めて飛び去る。

傍らの草叢《くさむら》から、弓を手にした紫加美が現れた。彼女は身を翻し、舞い墜ちた雉子の方へ向かって走り行く。同じく阿古根も、その後を追った。紫加美がしなやかな足取りで先に駆け、雉子を拾い上げた。追いすがる阿古根を見詰め軽やかに嗤《わら》う。

「阿古根の矢は外れました。わらわの弓勢には、まだまだ適わぬようじゃな」

「いや、わらわの矢がその雉子を射落としました」

「おや、この紫加美に逆らいやるのか」

彼女は兜を脱ぐと、雉子に刺さった矢羽を持って、兜の鉢形の内へそれを入れた。艶然として野面に立ち、秋風がみづらを撫で頬に掛かるのも知らぬげに、嗤いを崩さない。まるで阿古根をいたぶるかのように、言葉を継ぐ。

「そなたが射落としたとする証がない限り、雉子はわらわのものです」

「いや、確かに阿古根の弓にて……」

と彼女が言いかけた時、二人の間を、宇直雅佐郎子が遮った。いつのまにか側近く来ていた様子である。二人の掛合いを先程から耳にしていたとみえ、彼もまた嗤っている。

紫加美尉は片膝立てて折り敷き低頭した。彼女は佐の方へ兜を捧げ持ち、鉢に入れた雉子を差し出した。

「夕餉にお召し上がりくださりませ」

紫加美の下手に、阿古根は同じく折り敷いていた。阿古根はふと顔を上げると、雉子に刺さった矢羽の色を見た。矢筈の下側に、一本の黒い線が入っている。己が持てる矢羽には総て目印を付け、日頃から手入れを怠らない。

阿古根は箙《えびら》を前にすると、矢羽の数をかぞえる振りをした。箙の中には見るまでもなく九本の矢が入っている。女軍兵はそれぞれ十本の矢を、箙に収める習わしである。矢を射尽くすと、剣を持って敵と渡り合うよう常から訓練されていた。

宇直雅佐と紫加美は、ちらっと阿古根の方を見やった。紫加美は阿古根が何を意図して矢羽を手にしたか勘付いたとみえ、一瞬、顔色を変えた。しかし直ぐ、なにげない艶やかな表情に戻った。

宇直雅佐は阿古根の仕種を見てとり、すずやかに声を掛けた。

「その方の矢羽は形よく手入れされている。名はなんと申すか」

阿古根を手で制して、紫加美が代わって応えた。「火の長にて、飛鳥里の阿古根と申しまする」

「夕餉にこの雉子を食わそうぞ。紫加美ともども、我が屋舎へ参るがよい」

阿古根はその時、総身を舐めるように、佐の眼が降りてくるのを感じていた。それは何故か、心底が痛むほどの哀しみを覚えさせる。しかし、傍らに控える紫加美の肩の震えを眼にするうち、哀しみはふしぎと消えていった。

夕陽が西空を赤く彩り、御陵の葺石まで朱に染め、難波潟へ沈み行く。残映を指して、阿古根を先頭とする女軍兵は、百舌鳥耳原の営舎へと戻った。

秋風が立ち、肌を心地よく撫で行く。埴輪を焼成する窯の煙りが、吹煙と交わり、所々に揺いでいる。巨大な円筒埴輪を一つ造るだけでも、数十人の埴輪師が携わらねばならない。数ヶ月を要して粘土を叩きしめ乾燥させて後、窯で数日掛けて焼き上げる。

人身大の埴輪が並び置かれ、御陵へ運ばれるのを待つ態は、夕陽に影を落とし、恐ろしいほど異様である。阿古根は埴輪置き場が打ち続く道端を、急いで通り抜け、兵舎へ入った。さんざめく幾万の人いきれが、この頃やっと和みを見せ始める。

阿古根は軍装を解き、ほっと息を衝いた。が、休む間もなく、そこへ紫加美の使いが走り来て、尉の居所へ直ちに来るようにと乞われた。

紫加美の宿営は、長棟造りの営舎の東端にあった。雑仕達の雑居房と違い、高床の板敷きで、仕切られた帷《とばり》も身を隠すに充分なものである。

「佐殿の許へ赴くには、まず禊《みそぎ》をいたさねばなりませぬ」

阿古根が尉の居所へ入るなり、紫加美は立ち上がった。営舎を出ると裏手に沿って、夜闇がせまる小道を辿り行く。暫くすると、清麗な小川が流れている辺りへ行き着いた。

「ここで身を清めます。衣を脱ぎなされ」

紫加美はするりと着衣を落した。阿古根がそれに倣うと、彼女はその身を抱くように、小川へ身を沈める。穏やかなせせらぎは白い裸身をぬい、驚くほど冷たく身に染みる。阿古根は尉に身を寄せ、うつつの中で僅かな温もりをまさぐった。

「何故、そなたは名を聞かれたのか、分かりますか」紫加美は口を寄せて囁くと、阿古根の耳朶を噛んだ。「夜伽に望まれたという事です」

紫加美は僅かに笑顔を見せている。しかしその眼は、夜空に凍てつく星より冷ややかな光を帯びていた。阿古根は思わず、ぞくりと身を震わせた。

「かつてわらわも、彼の御方に召されました。身のうちがわななく思い、今にしてもはっきりと覚えております」紫加美はもの狂おしく、阿古根を抱き締めた。「そなたも身が打ち震えぬか。わななくのじゃ。ふるえるがいい………」

阿古根はくらくらと眩暈《めまい》を覚えた。息苦しい陶酔が、苦痛に変わる。いい知れぬ悪寒がはしり、せせらぎを分けて立ち上がった。

四

宇直雅佐の屋舎は、女軍の兵舎から更に東方よりに向かって、小丘の麓にあった。阿古根は紫加美に従い、木立ちを分けて進み行くと、月明りの中に、垣根が浮かび上がってきた。奥方に窺える屋舎は、ただ黒々として静まりかえっている。

近付くにつれ、人影が僅かに動く気配のみ仄かに伝わる。やがて数人の雑色が立ち働く姿が見てとれた。雑色の動きに生気が満ちているのを覚え、阿古根はほっと吐息をついた。屋内へ招じられ、周りの調度を見ても、佐としての佇まいに不足はない。

雑色に案内され、彼女達が円筵に座すと、直ちに夕餉が運ばれてきた。宇直雅佐の姿は、まだ見えない。

「主は後ほどお越しになられます。先に召し上がっていただくようにとの仰せでございました」雑色はそう言いおいて下がった。

雉子は毛羽を毟り、そのままの姿で焼かれ、香しい匂いが食をそそる。椀に盛られた赤米の飯も、女軍の稗粥に比べれば、見るからに美味しそうである。油菜は花の芽を取って漬物とされ、水葱が菜として添えられている。

「わらわの故郷、播磨の米はこの飯よりも味わい良いものでした」

紫加美はそう言うと、貪るように夕餉を口に運び始めた。

「尉どのの郷では、田畑の生業をなされておられましたか」

「いや、違いまする。火焼《ほた》を熾《おこ》し、剣や鎌の刃を打っていました。鍛治場はたたらの火が絶えず、たいそうな賑わいでした。さぁ、そなたも早く食べるがよい」

紫加美は雉子の腿肉をもぎ取り、阿古根の手に握らせた。

「わらわにはこの世の事がまだ何も分かりませぬ。何事であれ教えてくださりませ」

「夜伽に召されたうえは、いかなる事を申しつけられましょうと、決して彼の御方に逆らってはなりませぬぞ」紫加美は言葉を改めて、阿古根を見詰めた。「……したが、その身も、姉者のようにはなるまいて……」

「なんと申されましたか」阿古根は愕然として聞き返した。「姉者のように、とは……。尉どのは、わが姉、阿奈利をご存じなのですか。姉は今何処にいるのか教えてくださりませ」

「知りませぬ」紫加美はうっかり発した言葉を悔やんだ様子で、頭を振った。「今更そのような事、知る由もありませぬ。ただ四年ほど前、同じこの女軍に阿奈利という兵がいました。知っているのはそれのみです」

「それで姉は、どのようにして消息を絶ったのですか」

「伊勢の国で反乱が起こりました。賊徒を鎮圧する為出征し、共に戦いましたがその折、別れわかれとなり、以後その行方は解りませぬ」

紫加美がなにか言いよどんでいる気配を、阿古根は察していた。隠さねばならぬほどの事が、いったいどこにあるのだろうか。

「姉者について、いかなる事でも知りとうございます。何事であれ、どうか教えてくださりませ」

「知らぬほうが良い事もあります。今余り思い詰めて詮索せぬほうがよいかも知れませぬ。時が経てば、自ずと解ってくる事もありますれば……」

燭台の灯火が揺らぎ、油を注ぎたす雑色が帷に影を落とした。その時、帷を分けて、宇直雅佐が入ってきた。

「雉子を食したか。よく太っていた。美味かったであろう」佐は一本の矢を手にしていた。彼はその矢を、紫加美の方へ投げ与えた。「雉子を射抜いた矢じゃ。返しおくぞ」

佐はその言葉を、阿古根の方に向かって言ったのである。紫加美は矢を受けたものの、茫然としている。

宇直雅佐は薄く嗤いを残し、二人を寝所に誘った。阿古根は紫加美に続いて、しとねに身を横たえ、覚悟して眼を閉じた。

夜風にそよぐ木立ちのざわめきが、間遠く聞こえる。耳にするうち、おののきは消えていった。

五

「かの御陵はいつ頃、出来上がるのでありましょうか」

真夏の陽光は、石津原の野山に容赦なく照り返し、御陵の彼方に蠢く人姿も萎えて見える。阿古根は、小高い丘の頂きに立つ紫加美に追いすがり、声を掛けた。

二人の眼前には、概《おおむ》ね形が整い始めた前方後円墳が、茹る暑気に喘いでいる。遠く石津川の河口へ出入りする船が、蒼い海のまにまに点々としている。難波の海を行き交う船は、葺石が白く耀やく御陵を格好の標となし、難波津や石津江の港を目指して進む。

「あと三年ほども掛かりましょうか。いつぞや労役を督する役人が、さよう申されているのを聞き及びました」

紫加美は兜を脱ぎ、額に浮く汗を拭った。

「何故、あれほど途方もない巨大な御陵を、お造りになるのでありましょう」

「そのような事を詮索してはなりませぬ。御陵の造営にどれほど民が虐げられようと、それを口にしたが為、耳や鼻を削ぎ落された者達が、いかに多くあったか知れませぬ」

「口にするのみで、殺されるのですか」

「いや、殺しは致しませぬ。労役の工人が一人でも減るのが惜しいのじゃ。耳や鼻を削ぐのみで生かしおき、死ぬまで酷き使いまする」

紫加美は険しい表情で弓に矢を番えると、御陵の壇上を指して射放った。いかに強弓を引くとはいえ、とても陵地までは届かない。矢は遥か手前の木立ちへ消えて行く。

「わらわとて、あのように消え行くのみ……」

紫加美の顔色から、いつもの艶やかさが失せている。近頃、尉が指揮する女軍の習練は、恐ろしいほど過酷であった。これまでにない酷薄さに、阿古根すらおぞましくなる時がある。動作の鈍い雑仕を見咎めると、剣を揮う手に力がないとばかり、腰を打ち拉ぐ。弓を引く手が弱いといっては肩を打ち据え、猛り狂うような毎日が続いている。

しかし阿古根に対しては、常に身を労り優しかった。紫加美の心の拠り所を推し計ろうとしても、阿古根にはよく分からない。尉には時に、己の身体まで無理に酷使しているようなところが窺えた。すすんで険しい岩場へ上り、強いて飛び下りたりする。

「お止めくださいませ。御身を痛めます」阿古根は紫加美の袖を引き、幾度もそう言って制止した。

「なんとして訳もなく、そのような無理をなされます」

「どうあっても、この身を拉がねばならぬのです」

紫加美は妙に悲しげな眼を見せている。

「なにゆえに……」阿古根は言い澱んだ。宇直雅佐に拘る事なのか、と口に出かかるのを喉元で抑えた。この頃、佐は紫加美を顧みない。日毎、阿古根を呼んで寵愛している。

「いや、違いまする」と紫加美は首を振った。言わずともそれを察したとみえる。「彼の御方の事で、悋気している訳ではありませぬ」

阿古根もそう思い、頷いた。心にしている紫加美の姿は、色情で滅入るほど脆弱な女軍兵であってはならないのだ。

「あくまで女軍の尉として、命を全うせねばならぬ。……でなければ、殺されよう」

「殺されるとは、いかなる訳でございます」

「聞かれますな。そのうち分かりましょう」

六

紅葉が枯れ落ち、石津原の野山に灰色の冬景色が拡がり始めた。阿古根が女軍に徴され、一年余を過ぎようとしている。宇直雅佐麾下の女軍五百は、百舌鳥壱之隊と呼称され、正規の配備に就いた。御陵を囲繞する軍毅の総数は、十五隊にも及んでいる。

晩秋の一日、百舌壱之隊は難波宮を指して出立した。南大門を警護せよとの命を受け、任地へ赴いたのである。南大門は都の中央を走る朱雀大路の南端にあり、北上すると内裏の御門へ至る要衝である。

百舌鳥壱之隊の兵舎は大門の傍らにあり、これまでのように粗末な営舎ではなかった。周りの壁も雨風を防ぐに不自由はなく、迎える冬の寒気から身を守るのに充分なものである。

阿古根は警護に就く度に、南大門の高楼へ上った。辺りの景観を眺める度に、新たな楽しみを見出した。特に西方へ眼を凝すと、難波津に舫われた大船が見てとれる。夕陽に帆を染めて彼方の海原へ消えゆく船の美しさは、譬えようがない。遠く任那まで行き交い、幾多の衣や鏡や武具を持ち帰る事であろう。思うにつけ、心が騒ぐのである。

沈みゆく夕陽に見とれていた阿古根は、夜闇が迫る気配につれ、我にかえった。ふと下段の楼台を窺うと、紫加美の姿が薄闇を透かして動いた。激しく嘔吐している様子である。

阿古根は梯子を降りて、駆け寄った。これまでにも幾度か、吐き気を堪える紫加美の姿に気付いていた。にもかかわらず紫加美は食事時、もの狂おしく飯を口に運ぶのである。しかも日毎の練兵は、前にも増して厳しかった。身を拉ぐ度合いが、更に加わっているように思えた。

紫加美は胃の腑の中のものを総て吐き出し、噎《む》せ返っていた。吐いた汚物を両手で受け、それをまた口へ戻そうとしている様子なのである。阿古根は見咎めるなり、汚物に塗れた彼女の手を抑えた。

「なりませぬ。気を鎮めなされませ」言って紫加美の口許を拭ってやる。「余りに御身を傷めてはなりませぬ。暫くお休みくださりませ」

「構われますな」紫加美は阿古根の手を振り払った。「手助けは無用です。そなたには分からぬ事ゆえ……」

「なにが分からぬというのです。いかにしてそれまで御身を苛まれます」

「…………」無言のままに紫加美の眼は哀しげな色を見せる。やがて言葉まで色を失い、静かに言い継いだ。「赤子が身の内に宿りました。時たま赤子が騒ぎます。すると気分が悪しくなり、心が荒ぎまする。したが、早くこの身より堕さねばならぬのです」

「…………」

阿古根は言葉を失った。身辺にある男といえば、宇直雅佐しか思い当たらない。佐の子を孕んでいるのに相違ないが、何故堕さねばならぬのか。

阿古根の疑念を察したとみえ、紫加美はあらぬ方へ眼を据え、冷たく言い継いだ。

「そなたも充分、心して身を任せる事じゃ。赤子を孕んだ女軍兵は、総て殺されます。身籠もった兵など、役に立ちませぬ。女軍の掟なのです。これまでにも労役の男と密かに通じた女がいました。しかし、孕むと見せしめに腹をかっ捌き、皆々殺されました」

「たとえ、佐どのの御胤を宿していてもでございますか」

「なおさら、慈悲もない。一昨年も彼の御方の胤を身籠もった女がいました。しかし労役の男と通じたと称され、直ぐに殺されました」

「なんとおぞましい。知らぬ事とはいえ惨すぎまする」上司層では赤子が死ぬと、その乳母まで殉死させられ共に埋められたりする事は、当時の習わしとして知っていた。それにしても、孕んだのみで殺されるとは、余りにも無慈悲に思える。「惨い御方よな……」

阿古根は心の底に言い聞かせるよう呟いた。

七

その年の冬、秋の収穫時を待って伊勢国へ赴いた収税役の一隊が、年末に至っても戻って来なかった。物見の兵を遣り調べさせると、屯倉を差配する郡衙が賊徒に襲撃され、国司に次ぐ次官まで総ての衛士が皆殺しにされていたという。

以前から伊勢国では、乱が頻発していた。蜂起する賊徒の頭目は、鳥羽郡に蟠踞する、鬼邪矢なる者であった。この度、郡衙を襲い屯倉の穀物を奪ったのも、鬼邪矢の仕業と知れた。

伊勢国の賊軍を鎮圧する為、百舌鳥壱之隊へ出陣の触れが出されたのは、翌年の初めである。壱之隊から拾之隊まで、総勢五千の女軍兵が出征を待って、難波宮南大門前の台地へ居並んだ。

総軍を統べる将は、帝の御弟にあたる伊雅早雄尊《いざはやおのみこと》である。尊のみは数十の男軍の騎馬兵を率い、周りを固めていた。寒風が吹き荒ぶ冬景色の中で、女軍の兵は居すくまっていたが、尊の本営のみは賑わしく旗幟が風に舞っている。

紫加美の腹に宿った赤子は、いかにその身を酷使しようにも堕りてくれなかった。幾度となく岩場から飛び下りている彼女の姿を、阿古根は眼にしている。

やむなく紫加美は、幾重にも腹帯を巻き締め、鎧を身にしていた。彼女の表情には壮絶な気配が漂い、余りに悲愴な気色におされ、阿古根は声を掛けるのもためらった。ただ風の中に佇むのみである。

身を退いて都にとどまりなされと言ったところで、それは同時に彼女の死を意味する。

「陣を払い、弦を鳴らせ」

紫加美尉が宇直雅佐の命を受け、女軍の先手に下知した。阿古根は配下の兵ともども一斉に弓を引き、弦を鳴らして出陣の挨拶に応える。百舌鳥壱之隊の先頭に立ち、冬風に舞う難波宮を後にした。

女軍の諸隊は竹之内峠を越えて大和国へ入り、三輪山の麓、海石榴市を指して進んだ。初瀬川に沿って東進すると、行路は深い渓谷がうち続く難路である。黒坂峠を抜けて宇陀に至るまで、初瀬谷の鬼道と呼ばれている。伊賀を経て伊勢に至り、鈴鹿川を探って下ると河芸の里へ出る。難波宮を発してより、泊まりを重ね、五日の行程を要した。

途中、阿古根は、折を見ては紫加美に近寄り、彼女の様子を窺った。紫加美の研ぎ澄まされた表情の下に、時たま苦痛が走る。何も言わず黙々と行軍している姿が痛ましい。

郡衙久居に至ると、辺りは一面、賊軍に焼き払われていた。首や手足を切り刻まれた死体が、所々に放置され、異臭が漂っている。賊軍の頭目、鬼邪矢の物凄さを思い知らされた。

付近の里人を捕らえて質すと、鬼邪矢は既に官軍の到来を知り、鳥羽の彼方へ軍を退いたとの事である。しかし、いつ再び来襲してくるかしれず、郡衙の傍らに本営を置くと、それを囲繞するように、女軍の諸隊は設営させられた。

翌日から早速、近在の里人を集めて使役し、塀柵を結わせ、空壕を掘り下げさせた。いつ里人達も賊兵に変身するかしれない敵地の中である。見張りに立つ女軍兵は少しの油断も許されず、頬を緊張の余り強張らせている。

その日、柵の楼門の警護番に当たっていた阿古根は、黎明を待って起き抜けた。伊勢湾へ昇る冬の陽は冷ややかに澄み、いつまで経っても暖かみが感じられない。営舎を出ると、朝まだき靄の中で配下の雑仕を促し、柵内の広場へ整列させた。

が、一隊を司る尉、紫加美の姿が見当たらない。

寝所の方へ捜しに行こうとした時である。肌も露わな紫加美が、縺れた足取りで一同の前へよろけ出た。下袴も着けていず、孕んだ下腹が異様に膨らんでいる。

一同は声もなく突っ立ち、彼女の姿を見まもるのみである。阿古根は素早く駆け寄り、紫加美を庇った。

「尉どのは、気色優れぬ御様子じゃ。しばし、お休みあれ」

「かまわれまするな」紫加美は阿古根の手を振り払う。「もう耐えられぬ。この身はいかになろうとかまいませぬ」

阿古根は雑仕を呼びたて、紫加美を陣屋の内へ連れ戻そうとしかけた。

「待てい。その失態は何事ぞ」

いつの間にか背後に、宇直雅佐が立っている。佐の眼は紫加美の下腹に鋭く注がれ、孕みを悟った様子にもかかわらず顔色はちらとも動かない。

「身籠もりおったか」佐はあくまで無表情である。むしろ薄く嗤っているかのようである。そして、平然としてこう質した。「いずれの男に身を任せ、ふしだらに至りしか」

一瞬、紫加美は身を強張らせ、暫く佐を睨んでいた。やがて、語気鋭く応じた。

「名も無き労役の男。罪を犯したが為、耳鼻を削がれ日毎ただ働くのみ。余りの哀れさに、身を任せまいらせし」言ってなお、佐を睨みつけている。さもしげな男に身を委ねたと言い張る事が、せめてもの抗いであろうか。「明日をも知れぬ男でありしが、かように男のものは役立ち、孕んでしもうたわ」

紫加美はけけっと、奇妙な嗤い声を上げた。佐はそれにかまわず、「伊津尾、これへまいれ」と、弐之隊の尉を呼びつけた。

伊津尾と名指された尉は、肥った身体をゆすり小走りに進み出る。佐の前で膝を屈し、身を投げるように低頭した。

「斬れい――」

佐は伊津尾尉へ、短く命じた。尉は剣を抜き放ち、切っ先で陽を貫くかに高く掲げる。

「いや……」紫加美は激しく、かぶりを振った。「最期の望みを聞いてくだされ。わらわは阿古根の剣にて、死を賜りたし。わらわの命を絶つのは、阿古根をおいて他にありませぬ」

宇直雅佐は頷いた。

「阿古根よ。紫加美の望み、聞きとどけてやるがよい」

言い置くと、佐はそのまま背を向けた。後ろも見ず、陣屋の奥へ歩み去る。

阿古根は眩暈を覚えた。いかにして剣を抜いたかも定かでない。片手で紫加美を抱きかかえ、ためらいながら胸許へ剣を構える。

「そなたの姉は生きているやもしれぬ」紫加美が掠れた声で言った。「数年前、この伊勢で反乱が起きた折の事。われらは共に戦い、同じこの久居の柵で陣を敷きました。その時、かの佐どのがそなたの姉を召し出し、夜伽を命じたのです。したが、それを拒まれ、怒れる佐どのは、松明でもって、その半顔を焼かれた……」

「なんと……、それで姉者は……」

「佐どのには、いかなる慈悲心も望んではなりませぬ。決して気を許されますな。そなたの姉はその夜、何処へか逃げ落ちられました。故にこの辺りのどこかで、生き長らえておられるような気がいたします」

「佐どのの為されよう、今にして悔しき思い……」

「急いてはなりませぬぞ。いかなる猛者でありましょうと、いずれどこかで隙を見せる折もありましょう。逸る心を抑え、秋《とき》を待たれませ」紫加美は静かに眼を閉じた。「さぁ、阿古根。その剣でわらわの胸を貫いてくだされ。頼みまする……」

「………」

涙の彼方に、紫加美の顔が霞みゆく。瞼の奥に残るその姿を、宇直雅佐に重ね合わせ、剣をとり直した。佐を貫く思いで、紫加美の胸許を突き通す。

冬空に寒い陽が昇りつめるまで、阿古根は死屍を抱き締めていた。

八

郡衙久居に布陣してより一ヶ月後、柵壕の修復を終えると同時に、賊軍討伐の女軍が鳥羽へ向かって進発した。この時、阿古根は紫加美の跡を継ぎ、壱之隊の尉に任じられている。彼女は佐の命令を秋がくるまで、心を殺して悉く受入れようとしていた。

松坂の里を過ぎると、もはや敵地の直中にあるといえた。阿古根は物見の兵を先行させ、敵情を探らせた。賊軍の頭目、鬼邪矢は青峰山の険に砦を構え、千余の賊徒を従えて籠もっているという。砦を囲繞する各地の柵には、それぞれ数百の兵を撒き、抵抗する気配は衰えを見せない。

更に近頃の風聞によると、鬼邪矢の妻妾の一人に、頭目に劣らず豪胆な女賊将がいるとの事である。気性激しく、弓矢を執らせても比をみぬほど達者で、この度の戦の端緒となった郡衙を襲撃し、役人を皆殺しにしたのも、その女賊将と知れた。

女賊将は鬼牙美《きがみ》と呼ばれ、常に百数十の女兵を率いて立ち働く女傑として、近郷の里人にまで恐れられている。しかし、その顔をまともに見た者はいなかった。ある者は世にも美しい容貌だったと伝え、他の者は鬼と見紛うほど恐ろしい形相であったと言うのである。

宇直雅佐率いる女軍の先手は、海沿いに南下し、二見浦より世古地の柵へ向かって進んだ。世古地には賊軍の出柵があり、数百の兵が籠もって行く手を阻んでいる。女軍は壱之隊から五之隊までをもって、その柵を囲んだ。後の隊は世古地より東方へ進み、岩倉柵に拠る賊軍の攻略へと向かった。

世古地の柵はそれほどの要害とは思えなかった。小丘に柵壕を巡らせたのみである。箭合わせから戦いが始まったが、賊兵の弓勢は思いのほか強かった。強弓に圧倒され女軍兵は砦の柵にも寄り付けない。

「怯むな。狙い違わず放て……」

宇直雅佐は終日、女軍を督励し檄をとばす。阿古根は配下を指図して、激戦の中を駆け巡った。一、三日も経つと、兵に疲労の色がひろがる。賊兵が射来る矢数は、少しの衰えも見せない。阿古根は賊軍が放つ矢羽を取り集めさせ調べてみた。その矢羽の殆どは、女軍兵の放った代物である。賊軍は女軍の放った矢を拾い集め、射返してくる様子と知れた。

「我が方よりは矢を放たず、賊兵が射尽くすのを待つのが良策かと心得まする」

阿古根は宇直雅佐へ進言した。佐は暫く、思案している。やがて頷くと、諸隊の尉を集めて命じた。

「近在の里人を使役し、竹を伐り出さしめよ。竹を編み、楯を作らせるのじゃ」

翌日から女軍の諸隊は、徴した里人を使って伐り出した竹を麻紐で結い、背丈程の楯を編み上げた。二日も経ずして女軍の先手は各々、竹楯を持って押し並び、柵へ向って進む。それにより賊兵が射来る矢は、すべて防がれた。矢が尽きる頃合をみて、楯の陰より出る。竹楯を空壕へ投げ入れて渡り口を造り、柵に取り付く。そこで初めて弓に矢を番え、一斉に射放った。間断なく射続けた後、剣と鉾を手にとり柵を打破る。

賊兵は散りぢりに逃げ始めた。その日のうちに、塞柵を占拠したのである。阿古根の隊は、先頭をきって突入したにも拘らず、最も損傷が少なかった。

「尉の働き、見事であった」と、宇直雅佐が阿古根を労った。「今夜、我が宿営に来るがよい」

阿古根は心を殺して頷いた。急いてはならぬ秋を待て、と言った紫加美の言葉を思い出す。その言葉は、己が仇をも討ってくれと示唆する思いを、阿古根に託したものであろう。わざと阿古根の剣を選び、死を迎えようとした彼女の心情が解された。


その夜、阿古根は禊をした後、剣を帯びたまま宇直雅佐の宿舎へ向った。夜闇は深く、月が無い。篝火を頼りに帷を潜ると、御酒を酌んでいる佐の影が揺らいだ。

「酒をとらす」佐は言い、杯を差し出す。阿古根の腰の辺りを舐めずるように見た。「何故、剣を帯びているのか」

「御身をお護りする為」

「いらぬ。無用の事、外せ」佐は短く言う。

阿古根は剣を外し、帯を解いた。

「この手で幾人の賊兵を屠ったか」言って佐は、阿古根を抱き寄せた。「この後また、いかほど首を挙げる事か」

佐の顔はいつか見せたように、薄く嗤っている。いたぶりでもなく、まして愛しみでもない。

「我には今一途に懸けた想いがある」佐は酔い痴れてか、いつになく饒舌である。「それは伊雅早雄尊に、我が終生の命運を捧げる事じゃ。尊を擁して戦い抜き、全土を平定して立つ……」

尊を擁して立つとは、いかなる意味であろうか。まさか尊をして、帝に登極せんと臨んでいるのであるまいか。佐は尊に生涯を捧げる男の夢に、酔っているかのようである。ならば、この夢こそ、打ち砕いてやらずばなるまい。

阿古根は慣れぬ酒を次々と、口移しで飲まされた。身の内が燃えたぎるように火照る。あやしげな感覚に酔いしれてゆく己を、どうする事も出来ない。

「わらわの姉をご存じでありましょう。阿奈利をいかに為されたか、覚えておられまするか」熱い裸身に衣を打ち掛け、阿古根は夢中で問い掛けた。「五年余も前の事、姉者の顔を松明でもって、よくも焼かれましたな」

「覚えている。仇を討たんが為に来やったのか」佐は阿古根の裸身を晒した。「初めの頃、そち達が姉妹とは知らなかった。したが、それを教えてくれたのは、この前そなたが手に懸けた紫加美じゃ。その折、紫加美がいかに申したか教えてくれようか」

佐はわざとらしく言い澱む。やがて阿古根の方をなぶるように見た。

「阿古根を殺してくれい、と我に頼みよった。そなたが阿奈利の妹ならば、殺さずにはなるまいと申したのよ」

阿古根はすくなからず狼狽した。紫加美の心情に、まだまだ思い至らぬところがあったのか。

「……では何故、わらわの命を執らないのでございます」

「殺しは致さぬ。己の楽しみ事なのよ。そなたのような女を、側に置いておくのが、なんとも愉しげな事なのじゃ」

九

世古地の柵を占拠した女軍の諸隊は、休息する間もなかった。直ちに柵の内外を整えさせられ、賊軍の来襲に備え置かれた。崩れた柵や営舎を修復する為、付近の里人達を容赦なく駆り集める。年端も行かぬ子供達まで労役に使われた。

阿古根は幼子達を集め、軽い仕事を与えて遊ばせた。しかし、第弐隊の尉、伊津尾はそれを見咎め、宇直雅佐へ謗った。

佐は阿古根と伊津尾を、己の陣屋へ呼び立てた。二人の尉を前にすると、先ず阿古根へ向って口をきった。

「幼子達が愛しければ、童等が運びいる荷を、そなたの隊にて代わって運べ」佐は次いで、伊津尾尉へ向き直った。「尉は幼子に対し、いかほどの情けもないとあらば、弓矢を以てその童等を射殺してみせよ」

阿古根は佐の言葉に頷いた。しかし、伊津尾は首を横に振る。

「なにも殺すまではございませぬ。そこまで申している訳でなく、ただ使役に甘やかしがあってはならぬと……」

伊津尾が言いかかるのを、佐が遮った。

「ならば、尉が童等の分まで働くがよい」

伊津尾尉はうなだれた。佐は後もみず、陣所の奥へ立ち去る。伊津尾は脂汗の浮く顔を巡らせ、阿古根を睨んだ。常から佐に寵愛されている者に対し、事毎に意地が悪い。

阿古根は構わず立ち上がった。秋が来るまでは、このような疎ましい事など、先ず振り捨てねばならぬと心に定めた。


伊雅早雄尊は世古地へ本陣を置き、各地の賊徒を攻略する拠点とした。世古地の東方、岩倉柵に拠る賊軍は、未だ抵抗を見せている。攻略に向った女軍は、柵の一端をも落とせない。岩倉柵を陥落させぬ限り、敵地の本拠へ踏み込めず、早急に手を打たねばならなかった。尊は宇直雅佐に、岩倉攻略軍の指揮を執るよう命じた。

世古地を発ち東方へ進むにつれ、森や林がとぎれ、冬枯れの野が広がってくる。佐麾下の女軍は、途上、清麗な小川の辺りに至り行軍を止め、暫時休息した。阿古根は兜を脱ぎ、川のせせらぎで口をすすいだ。

対岸の堤の草叢が、にわかに騒いだ。数十羽の野鳥が飛び立つ。と見る間に、その場へ伏せていた賊兵が百余、立ち現れた。浅瀬に水飛沫を上げて殺到して来る。

阿古根は弓矢を執ると、配下の兵を指図して、直ちに迎え撃つ態勢を取った。間断なく矢を放たせ、賊徒には近付く隙すら与えない。矢が尽きると剣鉾を連ねて反撃に移る。

賊軍は怯みを見せ、対岸へ逃げ散った。と、その時賊兵の中から、頭目らしき武者が進み出た。見る間に川中へ身をおどらせ、阿古根を指して駆け寄って来る。打ち掛かる女軍兵の剣を悉く払い、身を交わすさまは、冬風に舞う鬼神の態を思わせる。賊将は川の中程で、立ちはだかった。際立つ身丈に、近寄りがたい威を備えている。女軍兵も手を出しかね、しばし見まもるのみだ。

賊将は弓をきりりと引き絞った。矢先は阿古根に向けられている。

一瞬、阿古根は額に強い衝撃を覚えた。矢を打ち払う間もない。その場へ射倒される。

「女軍の尉と覚える。敵ながらその宰領、見事なり」賊将が叫んだ。声音は女のごとく聞こえる。

「したが、その命もこれまで。我が矢を受け、生き長らえし者はこの世におらぬ」

女将は身を翻した。川面に風をおこし、対岸へ走り去る。

阿古根は夢幻の界から直ぐに覚めた。ふしぎと痛みはない。額に手をやると、髪を束ねた鉢巻の辺りに、少し血が滲むのみである。命を救ってくれたのは、沙里子が別れ際にくれた鉢巻であった。鋭い矢鏑をみごとに跳ね返している。

阿古根は気を取り直し、立ち上がった。女将の後を追うように対岸を見渡すが、既に賊兵の姿は一人も見当たらない。枯れ野に忽然と姿を消し、ただ空っ風が騒いでいる。

「かの女将がまさしく賊将の妻妾、鬼牙美なる者に相違あるまい」言いながら伊津尾尉が身を震わせている。「それにしても美しい面立ちの女将でありましたなぁ」

「いや、違いまする。あれほど恐ろしげな面相の女を、これまで目の当たりにした事はございませぬ」

配下の女軍兵が思いおもいに応じている。

阿古根はそんな会話を遠く耳にしながら、鬼牙美という名を脳裏に刻んだ。己の不覚を恥じ、必ずこの手で討ち果たすと誓った。


翌日、岩倉柵を囲む女軍も宇直雅佐の指揮下に入り、世古地を攻略した時と同じ方策を持って、直ちに賊塞を攻めた。阿古根は柵に取り付くと、鬼牙美を探し求めて突き進んだ。しかし、その姿は見当たらない。岩倉柵は陽が傾く頃に落ち、討ち取った賊兵を調べても、女賊の姿は見えなかった。

宇直雅佐は伊雅早雄尊より功を賞されたが、女軍兵には憩う間もなかった。陽炎が春野に揺らぐ頃に至っても、東奔西走して戦った。賊軍が拠る砦柵を、各個に潰して行く毎日である。阿古根は山桜の大木を選び、彩り始めた桜花の匂いに囲まれるよう、宿営を置いた。常なら故郷の村里では、春山入りの行事が行われる時節である。今頃母者は酒食を携えて山へ登り、花見の歌を謡っている事であろうか、ふと時たま阿古根は思いを馳せる。桜花の匂いには幼い頃、母と一緒に山菜を摘みながら花見した想い出が籠もっているようだ。今の母者には、心から寛ぐゆとりがあるとは思えなかったが、豊作を占い村里の繁盛を祈る大事な習わしでもある事に変わりない。母者はどれほど寂しい花見を過ごしたか、案じられてならなかった。しかし阿古根にしても、戦いに明け暮れる日々でしかなかった。

初夏を迎える頃に至り、賊軍の塞柵は、青峰山に拠る鬼邪矢の砦を残すのみとなった。砦に籠もっているのは千余の賊兵であったが、これまでになく抵抗は激しかった。俊険に拠った賊軍は、女軍兵が近付くと岩石を投げ落として阻み、柵へも取付けない。今の女軍では要害を囲むにも足りぬほどで、陣を敷いたまま動けなかった。

ある日の朝、阿古根は宇直雅佐に呼び出された。佐に従い、青峰山砦を一望出来る山間に立った。佐は谷間から吹き上げる風向きを計っている。

「火を掛けるしかあるまい。今日は絶好の風向きとなった。この日をどれほど待ちわびた事か」

佐は日頃から、青峰山周辺の山間を渡る風向きを、阿古根に調べさせていた。移り行く時々に従い、火攻めの時期を窺っていた様子である。徒に日々が過ぎ行く中で、総軍の将、伊雅早雄尊は苛立っている。佐は尊の意を解し、今を仕掛ける機会とみて、尊の許へ伺候した。火攻めを進言して容れられた。

強風が谷間を縫い、渦巻いて青峰山砦に掛け上がる様は、樹木のぞよめき旗幟の流れを見ても、はっきりと見てとれた。佐は女軍を指図して、風上より火を放たせた。瞬く間に火勢は広がり、砦柵を焼き払って渦を巻く。

佐は女軍の総勢を風下に向わせ、塞柵の門前に展開させた。火勢が砦の頂きを焼き尽くすと、賊兵は風下の門を開いて逃げる道しかない。

夏の陽は中天にあり、山容を焦がす火焔で赤黒く澱んでいる。吹き出る汗は、女軍兵の顔に黒い染みを残して滴る。煤けだった賊兵達は門を開き、我先に逃げ出し始めた。

待ち構えていた女軍の弓勢は、間断なく矢を放つ。真っ黒な形相が引きつる賊兵を、次々と射倒した。その内、恐ろしく魁偉な賊将が数十の兵を率い、真一文字に女軍の中央を突破して来た。尊の本営を指して、斬り込まんとする勢いである。

「あれなるは賊将鬼邪矢じゃ。鬼邪矢と見ゆるぞ」

女軍兵は恐れて叫び、怯んで退く。余りの乱戦に弓矢は使えない。その中を賊兵は、剣鉾を揮って荒れ狂う。

「大楯を幾重にも並べ立てよ」宇直雅佐はそう下知した。「大楯の内に賊を入れ、遠巻きにして囲め」

まともに撃ち会っては、数十といえど鬼邪矢の精兵に押される他ない。女軍は大楯を連ねて、徐々に賊兵を包み込んでいった。囲みの中の賊兵を、一人ひとり片付けていく。大楯の輪が縮まるにつれ、賊兵はその中に呑み込まれ、やがて陽が陰る頃、悉く鎮まった。

阿古根は配下の兵を指図しながら、常に鬼牙美の姿を探し求めていた。戦闘が終わった後も、所々へ巡り行き賊兵の首を改めたが、それらしき者の姿はなかった。鬼牙美と覚しき者の噂でもないものかと、あちこちで耳を傾けたがむだだった。夜闇が迫る頃、阿古根はやむなく剣を収めた。

青峰山の塞柵を焼き焦がした火は、未だ燻り続けている。煙る風が蒸し暑く澱み、夏夜の暑気を更に増す。ひっきりなしに汗が滴り、いくら拭っても肌にまとわる疎ましさは去らない。

粥と菜のみの夕餉をとり終えると、阿古根は夜空を見上げ、暫く佇んでいた。月の輪が妙に赤く、星は見えない。燻る煙りが所々で渦を巻き、黒雲が不気味に流れている。

「佐どのがお呼びでございます」雑仕が走り来て伝えた。「弓矢を携えてまいれとの仰せでございました」

阿古根は首を傾げた。今頃いかなる子細があって呼ばれたのか。まして、弓矢を持ってまいれとは……。分からぬままに阿古根は支度した。幾重もの陣帷を潜り抜け、篝火の火の粉を避けながら、佐が屯する陣屋へ向った。さざめく女軍兵の人いきれが、夜のしじまと共に遠のくにつれ、何故か胸が騒ぐ。

宇直雅佐は陣屋の外で待っていた。馬囲いの広場を前にして、冷然と立っている。広場は方四十余尋ほどもあろうか。四辺に篝火が炎をあげているものの仄暗く、人姿も定かでない。場の東方の片隅に、楠の大木が聳え立ち、眼を凝らすと、木の根方に一人の賊兵が縛り付けられているのが、微かに見て取れた。

佐は阿古根を呼び寄せると、その賊兵を指差した。佐の半顔のみ夜闇に白く浮くが、表情までは読み取れない。

「鬼牙美を捕らえた。これより処刑する」

阿古根は彼方の賊兵を見やった。二十尋は離れているであろうか。髪が乱れて顔を覆い、形相は定かでない。相当痛めつけられた後とみえ、頭を垂れてぐったりと、括られた縄目へ寄り掛かっている。

「鬼牙美の矢を受けてからこの方、そなたは己の手で必ず討ち果たしてみせると言っていた筈じゃ。よって鬼牙美の始末、任せようぞ。そなたの弓勢にて、かの胸許を射抜いてみせよ」

阿古根は頷いた。征矢を手に取ると、矢鏑を改めて弓に番える。きりりと引き絞り、鬼牙美の胸許へ狙いを定めた。

時折、微かに夜風がそよぐ。が、鬼牙美の髪は一筋たりと、そよともしない。既に死形の姿に見える。

阿古根は狙いを外し、弓を下ろした。

「討てませぬ。死して動かぬような姿の者などに、矢を放てませせぬ」

「ならぬ。殺せ」

「いや、いかに賊徒でありましょうと、死形を見せる者へ矢を向けられませせぬ」

「たとえ、鬼牙美であってもか」

「なおさらの事……」

「ならば、鬼牙美の縄目を解いてつかわす。正気を取り戻し、再び暴れ狂うであろうが、その時は心して射殺せい」

佐は鬼牙美の方へ歩み寄って行く。楠の傍らに立つと、剣を抜き縄目を切った。鬼牙美は木の根下に崩おれる。

佐は鬼牙美を抱き起こし、楠の根方へ寄り掛からせた。耳許へ口を寄せ、何事か囁いている様子である。

と、鬼牙美は一瞬、かっと眼を見開いた。よろっと立ち上がる。同時に佐は、その場をすさった。どこにそれほどの力が残っていたのであろうか、鬼牙美はそのまま阿古根の方を指して、駆け寄って来る。

「放て――」と、佐が叫んだ。

阿古根は弓に矢を番え、鬼牙美の胸許目掛けて射放った。

「あ・こ・……」と、声を残し、鬼牙美は両膝から屈した。胸許に矢が深々と突き立っている。両手でその矢羽をしかと握り締め、静かに崩おれていく。

阿古根は愕然として、眼を見張った。鬼牙美が、あこねと呼び掛けたかに聞いたのである。直ぐに、総てを悟った。

弓を投げ捨て、阿古根は駆け寄った。鬼牙美を抱き締め、額に掛かる髪をかきあげる。顔面の右側は耳許まで醜く焼け爛れ、見るも無残な有様である。しかし左側は未だ臈《ろう》たけた美しさを保っていた。賊将の妻妾どころか、都のいかなる郎女より艶やかな容貌に見受けられる。紛れもなく阿奈利の姿であった。

「あ・こ・ね……。た・く・ま・し・く……、い・き・の・び・よ……」

阿奈利は絶え絶えに言い、事切れた。

夜闇が急に深まった。時折、篝火が爆ぜる音のみ静寂を破る。阿古根は溢れる泪を拭った。しずかに剣を抜き放つと、宇直雅佐の姿を求めた。

瞬時、手に痺れがはしり、剣を叩き落とされた。いつの間にか背後に佐が立っていて、剣を突き付けている。

「我を恨みに思いやるか。したが、それは了簡が違うぞ」言って佐は、剣を鞘に収めた。「そなたが討ち果たすまでもなく、いずれこの女はなぶり殺しにされたであろう。むしろ、一思いに事切れたのは、幸運な巡り合わせであったと知れ。そなたに抱かれて死するほうが、鬼牙美にとって良かったとは思わぬか」

「…………」

「今はそうと思えぬかもしれぬが、これは我の情けぞ。この情をあえて悟り胸に納めてこそ、この後そなたは生きられよう」

宇直雅佐は阿古根の剣を拾い上げた。震える阿古根の手に、それを握らせる。佐はそのまま背を向け、陣屋の奥へ歩み去る。

阿古根は茫然として佇んだ。佐は陣帷を潜る時、振り返りもせずこう言った。

「まず鬼牙美を葬ってやるがよい。その上で、我を恨みに思うもよし。しかれど恨みを抱くは、そなたの命が尽きる時と知れ」

十

夏の終わり、賊軍を鎮圧した女軍は、郡衙久居へ集結した。難波宮を指して軍を返すに当たり、伊雅早雄尊は側近を集めて評議を凝らした。その時、百舌鳥壱之隊及び弐之隊は、そのまま伊勢国へとどまる事に決せられた。久居を国衙と為し、屯倉を護れというのである。

同時に宇直雅佐は国司の次官たる、介《すけ》に任じられた。従来から国司は赴任しない習わしであり、宇直雅介が事実上、実際の政務を執る事になる。尊は帰還する間際まで、介を側近く呼び、何事か念入りに言い含めていた。介を次官に登用した事についても、なにか理がある筈であった。

阿古根が介から聞いたところでは、尊の第一の指図として、一年余の間にこの地で強兵を養い、指示がありしだい軍勢を五千にも増して帰還せよとの内命であった。しかし、尊と介との密議の真意は、ただそれのみでなく、その奥に何か深い事情が隠されているように思われた。

八月一日を期して、伊雅早雄尊は女軍の本隊を率い、久居より進発していった。難波宮へ凱旋する女軍の諸隊は、軍装を一新し、その顔は耀いていた。

この日から阿古根は、介の命により、世古地の柵を預けられた。時には穀物を徴する役人を護衛し、傍ら各村里の屈強の子女を集め、強兵を培う毎日が始まる。

阿古根はこの時、青峰山の麓に続く野に、阿奈利の亡骸を葬った。世古地より青峰山の方を望む度に、時折、いたたまれぬ気持ちにおそわれる。そのような時、厳しい残暑が野草を蒸らし茹る暑気に身を焦がすとも、柵より出て野原を渡る。小さな墳墓へ至るとただ一人、阿奈利の遺骸に土を盛り、周りに石を敷き詰めた。重い石を幾重にも、ひたすら積み上げる事で、我が身を苛むのである。

宇直雅介は久居に在って、善く国内を治め、目立った騒乱は起こらなかった。介は時たま国衙を出ると、鳥羽から熊野方面まで巡り、国見を怠らない。何故か常に阿古根を重用し、国見に出る時はいつも彼女を従えて周り、広い山河を遠見する。村里に立ち上る煙りや、雲や大地に揺らぐ気を読み取り、霊力を身に備えよと言い、阿古根にもそれを望むのである。

秋の収穫も滞りなく終わり、収納した穀物は屯倉に溢れた。年を越し、冬に至っても温暖で過ごしやすい日々が続き、春には花見の宴を張る事も出来た。夏を迎えると海辺の里へ出て遊び、貝を拾って勾玉を造った。瞬く間に、月日は流れる。

冬枯れの野に珍しく粉雪が舞う一日、阿古根は柵の望楼へ上り、渡り鳥が雁行する北の空を見つめていた。ふと胸騒ぎを覚え、足下に眼を転じると、使い番が馳せ来るのに気付いた。

宇直雅介からの遣いであった。世古地の軍を纏め、明日には国衙へ集結せよというのである。伊勢に在る総軍をもって、難波宮へ急ぎ帰還するという。伊雅早雄尊より要請があったのであろう。

帰国を前にして、阿古根は姉の墓地を訪れた。土を盛り幾重にも積み上げた葺石は、いつの間にか背丈ほどにも至る墳丘を形作っている。靄が立ち込める中で、ひとり墓前にぬかづき、剣を捧げて祈った。

「これより難波の都へ帰りまする。もう涙はいっさい見せませぬ。涙を流して片付く事などなくなりましたゆえ……」阿古根は首から勾玉を外した。郷里を出る時、母が首に掛けてくれた粗末な物である。都の上臈が飾る翡翠や琥珀の勾玉でなく、動物の骨を寄せた物にすぎなかったが、母の匂いが籠もっていた。阿古根は身を震わせ、墓石の上にそれを置いた。「……為に、わらわは今日より、鬼牙美となりまする」

翌日、宇直雅介率いる女軍の総勢は、難波宮を指し国衙久居を発した。二年前、眼にしたのと同じ冬景色が眼前に広がる中を、急ぎ行く阿古根の心底は醒めていた。

これまで介が伊勢で培った軍の総勢は、五千人を超えている。阿古根は女軍壱之隊を与かり、最強の精兵に育てていた。行軍する足取りは一糸乱れず、三日を経て大和国へ入った。そこで介は、阿古根に五人の尉を統率させ、その隊を先行させた。

途上、三輪山の麓を過ぎる頃、郡衙の役人が出迎えた。役人達は都の有様を慌ただしく伝え、直ぐに引き返して行った。時の帝、おおさざきの尊が崩御されたというのである。これを期に、各地でまた騒乱が勃発する事を、しきりに懸念していた。伊雅早雄尊が急使を馳せ、介に帰還を促した訳は、これによって読める。都は騒擾の渦中にあり、陰謀が渦巻いていると知れた。

総軍が竹之内峠を越える頃、尊の使者が馳せつけた。行軍を急かせると共に、都の様子を伝え、兵を展開する子細な指示が為された。要は都へ到着次第、先ず兵四千人を以て難波宮の各大門を固め、残り千余の兵を御所に急行させ、その周辺を守護し奉れというのである。

女軍の総勢が南大門を臨む頃、都の内外は漆黒の闇に包まれていた。篝火ひとつ無く、明かりは何処にも見えない。御所の内外は尊が一年余前、伊勢から率いて還った女軍兵が既に制圧している筈であったが、彼方の沈黙には不穏な気配が窺える。

静寂をついて女軍は進み、それぞれの大門へ兵を割くと、篝火を焚かせた。主力は松明を並べ持ち、都大路を真っ直ぐ北上する。内裏に至ると、周辺の要所に兵を展開させ、それまで守備に就いていた女軍兵と交替した。

軍兵の配備を終えた時、阿古根は宇直雅介の陣中へ呼び入れられた。これより宮中へ参内し、伊雅早雄尊に拝謁するというのである。阿古根は介に従い、内裏の庭先へ廻った。庭の片隅で、阿古根は平伏させられる。介は更に膝を進め、縁側の間近かで折り敷き、帰還の次第を奏上した。「昇殿を許す」尊の側近たる政務官の声がもれ、介は縁上に膝行した。殿中の御簾が上がり、仄かな明かりがもれる。畏まる介の姿が、夜目に薄黒く浮き上がった。

「これより宇直雅をして、将と為す。軍の総勢を与けるにより、善く働き、乱を鎮めよ」

静かな闇に、尊の声が染み入った。全軍の将に任じるゆえ、以て叛意ある者達を悉く殲滅せよと宣われたのである。

次いで尊の側近が、宇直雅将《うちわきのしょう》の面前に進み出た。将の耳許へ口を寄せ、何事か密かに囁いている。

叛徒を陰で操る者の名でも告げたのであろう。後で阿古根が知ったところでは、この折、乱を為すと目されたのは、実に先帝の二人の皇子であった。帝が崩御された今、まずその跡を襲うとみられる皇太子と第二皇子である。

　伊雅早雄尊が内裏を掌中に収めた時、二人の皇子は難波宮を落ち、山城国へ逃れられたという。その地の仮宮へ直ちに兵を差し向けよ、と尊の側近は将に言い置き、殿中へ退った。御簾が下りると、宇直雅将は静かに身を起こした。

「この秋を、いかに待っていた事か」高揚した想いを将は口辺にのせる。これまでにない笑みが、心底にまで広がっているようだ。高ぶる気心を抑えきれない将の姿を、阿古根は初めて眼にした。将は夜空を仰ぎ見て、言葉を継ぐ。「新しい世が始まろう。近々、尊が帝として登極されようぞ。その時こそ、己が生涯を賭しての望みであった」

　宇直雅将は直ちに動いた。翌日には総軍を纏め、山城国へ出撃する。難波宮の防備は、阿古根が率いる隊へ任せ置かれた。

　将は七日も経ぬうちに、都へ凱旋してきた。皇子達の仮宮を襲い、叛徒を悉く弑《し》したという。帝には幾人もの皇女が在ったが、それぞれ囚われ、吉野山へ幽閉される。余りに手際よい将の動きに、阿古根すら眼を疑うほどのものがあった。用兵に全く隙がなく、事前に総て企てられたにしても見事な運びである。以後、各地で小乱は生じたものの、将の差配で瞬く間に鎮圧させられた。

先帝の柩は殯宮《もがりのみや》へ移され、同時に阿古根配下の女軍が、遊部《あそびべ》として派せられた。阿古根は、先帝の霊魂が悪霊に取り付かれるのを防ぐ為武具で身を固めた遊部として、殯宮を守護する司官に任じられたのである。

阿古根は殯庭と呼ばれる前庭に在って、殯が終える迄の間、移り行く世の習いを冷めた心でみつめていた。殯庭では種々の儀式が執り行われ、号泣する者や憑かれたように歌舞する者達を、日毎、眼にした。しかし彼女は鬼牙美に心を通わせる事で、何を見ても気を揺るがせなかったが、ただ偲言儀が行われ宇直雅将が進み出た時のみは、将の言葉に耳をそばだてた。将は表向き先帝に対する偲言を奏上するものの、内実は新たに帝へ登極すると思われる尊の事績を褒め、服従を誓うものに他ならなかった。

殯を終え、先帝の柩が御陵へ埋葬されたのは、夏を迎え、草木も暑気に茹る頃である。殯宮を発した葬列は、百舌鳥耳原へ向かって延々と続いた。阿古根は土埃の中を、衛士の先頭に立って進んだ。

御陵は殆ど完成していた。三重の周濠が巡らされた彼方に、巨大な稜線がなだらかに起伏している。墳丘の斜面は、人頭大の白い葺石で総て覆われ、上中下と三段に張り出された露台には、埴輪が一万余体も巡らされている事であろう。陽光の下で葺石が白く映え、埴輪が林立する様は、空の蒼さとあいまって目眩めく景観を呈している。

頂上の壇上部のみは、未だ完工をみていない。柩が埋葬され次第、最後の造成が行われる。更に、あと幾月か経てば、その壇上で新帝の即位式が執り行われ、完成を見るのである。

その時を期して、工事に携わった幾万の男女が解き放たれ、故郷へ帰れる事であろうと阿古根は思う。女軍の軍役も解かれる筈である。男手が労役に徴された為、女軍が組織されたのだ。男達が代わって軍役に就けば、せめて女達だけでも故郷へ戻れるに相違ない。その時こそ、積年の想いを遂げる秋であった。

陽が傾く頃、埋葬を終えた葬列は、難波宮を指して戻り始めた。阿古根は石津原の小丘に衛兵を憩わせ、夕陽を背に受けて佇んだ。ふと、前方に眼をやると、宇直雅将が御陵の彼方を望みながら立っている。筆を手にして木簡に絵図を引いている様子である。阿古根は将に近寄り、声を掛けた。

「あと幾月も経ぬうちに、御陵は完成を見ましょう。さすれば女軍は用も無く、わらわも役を解かれ、故郷へ帰れましょうな」

「…………」将は無言のまま応えない。やがて夕陽に眼を転じ、ゆっくりと頭を振った。「大事を迎えるのは、これからの事なのじゃ。この後、今に増して女軍の軍役も民の労役も必要となろう」

「何故そのような事を申されます。二十年を経た御陵の造営も、間もなく終わりまする。いかにしてこれ以上、民を惑わされまするのか」

「言うな。口を慎め。許さぬぞ」将は激して遮った。「近々、尊は高御座《たかみくら》へ昇られよう。我が生涯を賭した望みが、これより始まる。尊は先日、我に申された。先帝の陵に優る更に巨大な御陵を造営せん、とな。かの陵より大きな工事を興せば、いかなる歳月と労力を要するか知れまい。よってそれまで、まだまだ女軍は解き放てぬ」

「なんとした事を……」

阿古根は言葉の接ぎ穂を失った。暮れなずむ御陵を茫然と見つめる。このの ち数十年を要して、まだまだ民人はあくまで労役を強いられるのか。

「尊が登極され、新御陵造営の勅詔が発せられた暁には、この宇直雅が工事を掌る司官に任じられる。我は終生を捧げ、造営に邁進するであろう。阿古根、そなたもその事、重々忘れまいぞ」

否と、阿古根は胸の内で叫んでいた。そうはまいらぬ、かならず潰してみせる。将が生涯を賭した夢など、破らずにおくまいか。最も厳しい復讐は、将が命を掛けている物事を、悉く叩き潰してしまう事に他ならなかった。

十一

その翌々日、満月の夜を待ちかねて、阿古根は前夜から難波宮南大門の傍らに佇んでいた。時折、薄墨を引くように雲が流れ、月を隠す。南大門は薄闇の中で黒々とした影を落とし、人姿も疎らである。夜鳥の啼き声が静寂を破り、一声満月を貫く。

阿古根は用意していた草笛を手にし、飄々と吹き流す。沙里子との約束に思いを馳せ、その姿が現れるのを待ち受けていた。鈴虫が鳴き始める頃合、満月の夜に再び見えんと約したではないか。いつも心の奥底には、その時の沙里子の姿が息づいている。

阿古根は美しい衣を、かねてから用意していた。都大路を行き交う郎女達を見つめ、いつかあのような衣を纏ってみたいと言っていたのだ。もし美しい衣を身にしていなければ、それを着せ掛けてやるつもりである。難波江に沈む夕陽が、潟に残照をのこして消えると、夜闇が急に深まり人影も絶えた。

その時、微かな残映の中に、楚々とした女の姿が浮き上がった。一歩足を踏み出す事さえ、頼りなげに見受けられる。杖を助けによろめくその姿に向かい、阿古根は駆け寄った。

「沙里子か……」阿古根はそのみすぼらしい姿を抱き締めた。「よくぞ来られたましたな。昨夜からそなたを待っていました。さぁ、その面をよく見せてくだされや」

「いや」と、沙里子は小さく首を振り、顔を背けた。両眼を覆うように白布が巻かれ、頭の後ろで結わえてある。「わらわには何も見えませぬ」

「なんとした……」

「盲目と成り果てました」

「まったく見えぬのか」

「あい。阿古根の顔に触らせてくだされ」沙里子はかぼそい手を差し伸ばし、顔をまさぐる。「労役の男達のなぶりものにされて幾月か後、たまりかねて逃げました。しかれど直ぐに捕らえられ、おまえの生業に眼はいらぬとばかり潰されました。最初のうちは泣き明かしましたが、そのうち眼が見えぬほうが楽になりました。荒くれた男のものを見ずに済む、もうこの世は眼にせぬほうがどれほど安らかな事か、と思い定めたのです。それゆえ涙は見せませぬ」

沙里子はきりっと顔を上げた。微笑みを見せようとしているが笑みにならない。ここにも泪を洄らした女がいる。盲目の身で南大門まで逃げ来るのに、どれほど苦しい思いをした事か、聞かずとも偲ばれた。沙里子の手をただ握り締めるほかない。

阿古根は気をとり直し、衣を取り出すと沙里子に着せかけた。

「この衣はそなたが纏うのに相応しい。よく似合いましょう。これを身にして故郷へ帰られませ」

「阿古根と共にならば、帰りましょう。しかれど、この身ひとつでは父母にまみえたくありませぬ」

「いや、連れ立っては帰れませぬ。わらわには今ひとつ、為すべき仕事が残っています。それを片付けぬうちは戻れませぬのじゃ。さぁ沙里子、そなたの草笛を聞かせてくだされや」

翌日、阿古根は女軍の雑仕二名を沙里子につけて、飛鳥の里へと出立させた。沙里子はその間際まで、一人で帰るのはいやと言っていた。緑なす山々に囲まれた郷へ帰り着けば、身も心も精気を取り戻す事とみて、阿古根は帰りを急がせた。

が、一日も経ぬうちに、雑仕達が慌ただしく戻ってきた。「申し訳ございませぬ。沙里子様を見失いましてございます」と、泣きくれて複命する。

「盲目のものを見失うとは、どうした事か」

「我々が少し眼を離した隙に、池へ身を投じられたのでございます」

「なんと……。直ちに後を追い、身を救わんとしたか」

「すぐさま追いすがり、池に入って御姿を探し求めました。しかし、水底の藻草にでも巻き付かれたものか、闇が忍び寄るまで探しましたが見当たりませぬ。ただ、池の中より浮き上がってきたのは、この衣のみでございます」

雑仕が差し出した衣を、阿古根はいつまでも顔に押し当てていた。

十二

三ヶ月後、晩秋の底冷えする深夜、先帝の御陵の後円部壇上に、伊雅早雄尊を中にして、親王及び主だつ重臣が居並んでいた。尊が新帝として登極される秘儀が、これより行われるのである。

宇直雅将は兵部省の長官として壇上にあり、威儀を正して尊に従っている。阿古根は女軍を指図して、周濠の周りを警護していた。深夜、先帝の陵で即位の儀式を執り行うのは、先帝の御霊を鎮めると同時に祖霊を呼び寄せ、新帝の霊力を高揚させる為に欠かせないものであった。弓張月が冷たく闇を照らし、秘儀に従う人々の姿を仄かに浮き上がらせる。阿古根は御陵の下段に佇み、壇上を見上げた。影絵のように動く人々の手から、剣や玉や鏡が、御霊を捧げる者へと渡り行く。まるで幽玄の境を迷い行くがごとくに見て取れる。

やがて一条の光が、東方の生駒山系から射した。光芒は徐々に広がり、朝まだき野の草露まで輝かせる。陽が昇るのも間近であろう。

御陵の周辺に、民人が群れを為し始めた。即位の儀式に際して、既に幾日も前から各地の村里へ遣いが派せられ、黎明には周濠の前に蝟集するよう達せられている。集い来る民人達の数は、数万にも及ぶ筈であった。

後円部壇上の人影が、ゆっくりと前方部へ移り始めた。陽が昇ると同時に、前方部の壇上へ移行した新帝が、下から仰ぎ見る民人達の前へ、その姿を現すのである。その時、壇上の人々は、それぞれ鏡を手にとる。鏡面に陽光を反射させ、御陵を囲繞する民衆の方へと指し返す。煌めく光りの奥から、陽が出でると共に新帝の姿が浮かび上がってくる。日嗣の帝の誕生であった。

この日を期して新帝は、広く世を興し万世の平安を願うと宣せられ、また新たに御陵の造営に係る旨、詔勅が発せられた。この後、御陵の壇上を埴輪にて囲み、聖域として立ち入りが禁じられる。

同時に、新帝は祝いの宴を持たれ、祝宴は難波宮で七日七晩続いた。


阿古根は宴が終わる夜を、待ち受けていた。その夜、人々が寝静まるのを見計らい、宿営を抜け出した。御所を指して、朱雀大路を静かに駆け抜ける。内裏を守護する衛兵には、酒を浴びるほど与えるよう、前もって女軍の雑仕に指図してある。それは宴を盛んにする為のものとみて、誰しもその真意を疑わなかった。

深更、阿古根は内裏へ忍び入った。新帝の寝殿へ至ると、松明に火を付け、その四方から火を放った。折からの強風に煽られ、火勢は瞬く間に燃え広がる。寝殿は四隅から火焔に包まれた。

阿古根は屋根にまで火が迸るのを見届けた後、取って返した。兵部省の営舎に起居する宇直雅将の寝所へ踏み込んだのである。

剣を抜き放ち、帳を切り裂いて進んだ。将が休みいる傍らに立つ。剣を振りかざし、横たわる将へ斬りつけた。

「覚悟めされい」阿古根は叫んだ。

「…………」将は呻き声とともに跳ね起きた。右腕から血潮が噴き上げ、それでも左手で剣を取ろうとする。

「ただ今寝殿に火を放ちました。御身の大事な尊は火中にその身を晒し、今頃、崩じられた事でありましょう」

「なんとした……」将は寝殿の方へ向かい駆け出そうとする。「なんと愚かな、痴事を為せしか……」

将は悲鳴ともつかぬ声を上げ、行く手を阻む阿古根に斬りつける。阿古根が身を交わすと、衣もはだけたまま血を噴きながらよろめき、なおも駆けんとする。

「すべては御身の夢を潰さんが為……」

阿古根は将に追いすがった。火勢は難波宮の各所へ飛び火している。火焔に包まれた御殿の数々は、異様なまでに美しい。

宇直雅将は火焔をかい潜り、寝殿の方へつき入らんとした。しかし、燃え盛る火勢に行く手を阻まれ、どうする事も出来ない。それでも将は何事か叫びながら、火中にその身を投じた。「これは、まぼろしじゃ」火の海の中をさまよい、おめき声を上げている。「これが真に、夢でこそあれ……」

やがて、火焔に包まれた将の姿は、渦巻く炎の中に没した。

阿古根は将の最期を、しかと見極めた後、踵を返した。都大路を南方へとり、南大門を指して、ひた走る。大門を抜けると、暫くその場に佇み、都の北方を見やった。北の夜空は燃え盛る火焔に揺らいでいる。赤黒く染まった雲間を縫い、月が冷ややかに都の騒擾を見下ろしていた。ほむろ立つ都を背に、阿古根は石津原の方を指して歩み始めた。薄闇の中をひたひたと進み、払暁には百舌鳥耳原、先帝の御陵付近まで辿り着いている。

阿古根は御陵の周濠を渡り、墳丘を見上げた。白い葺石で覆われた斜面は、昇る朝日に輝きを増し始める。阿古根は御陵の壇上を指し、登りつめていく。やがてその姿は、埴輪が取り巻く聖域の内へ消えていった。

以後、阿古根の姿を見た者はいない。

待つは乙女の戦にて

一

その武人と眼を合わせるべきかどうか、明衣子《あかいこ》はためらっていた。

今しも武人は、崖上より初瀬川の渓流をのぞみ、杣道を辿って川辺へ下りんとしているところである。眩いほど鮮やかな甲冑を身に纏い、数名の舎人《とねり》を従え、いかにも身分ありげに窺えた。

明衣子はその日の朝方より、乳母を伴って初瀬川へ赴き、川面で衣を濯いでいる最中であった。夏の陽射しは厳しかったが、渓流の水面はまだ冷たく、彼女は腰辺まで流れに浸り、衣や袴を濯いでいた。

洗った衣を岩場に干し掛けんと、立ち上がった時、武人の兜の金具が陽光を受け、きらと川面に射し煌《きら》めいた。川辺へと降り来る人影に、気付いたのである。

明衣子が身に纏う衣の下部は、水に濡れそぼち足腰へまとわり着いている。薄衣は透け通り、健やかに伸びた足腰の奥まで覗かれるような気配に、彼女は身を堅くしていた。

明衣子はそれまで、見知らぬ男と言葉を交わした事はない。眼を合わすのも気恥ずかしく、身の内がわななく思いである。

武人は川辺へ降り立つと、軽やかな足取りで岩を飛び渡り、明衣子の方へ近寄って来た。狩りをしている最中とみえて弓を携え、従者の一人は矢羽が刺さったままの山鳥を手にしている。

知らぬふりをすべきかどうか案じながらも、明衣子は胸がときめいた。濡れた衣が腰に張り付き、肌が透け見えているのも忘れはて、顔が上気している。

「この辺りに住まえる者か」

その武人は涼やかに声を掛けてきた。三十路に入ったばかりの年頃か、精悍な面立ちである。それでいて柔和な笑顔をみせ、いかにも白い歯がこぼれる様を目にしたのみで、明衣子はどぎまぎした。さらに武人の眼が、濡れて露わな腰辺に注がれているのに気付き、慌てて前を覆った。

乳母が明衣子を庇い立てするように、二人の間へ割って入った。

「どなた様でございましょうか……」

武人は乳母には構わず、明衣子を見詰めた。

「早く濯ぎを終えるがよい。陽が傾く頃合いには、雨模様になろうぞ。三輪山の彼方に、黒雲が棚引いていよう。さような折は、雨もよいも間近じゃ。この近辺の者ならば知っていようがの……」

明衣子は武人の言葉につられ、北方へ眼を凝らし三輪の山並みを見やった。この地より初瀬川を境にして、北に三輪山、纏向山、初瀬山等の峰々が連なり、黒雲が湧き立っている。南方の鳥見山・忍坂山の方は、まだ陽光の下にあり、遠く東方の宇陀へと続く初瀬渓谷が、陰陽の一線を画していた。

「朕《われ》は、若建《わかたける》と申す。泊瀬朝倉宮《はつせあさくらのみや》にて、政事を営む者ぞ」

武人は自ら、そう名乗った。明衣子を安堵させる為の心遣いであろう。当時の習わしとして、己の実名を見知らぬ者に、たやすく明かさぬのが常であった。言霊《ことだま》には神霊力が宿ると見做され、実名が分かると敵対する者に、呪いをかけられる恐れがあるかもしれないのである。明衣子はそれと知って、嬉しさに微笑みを返した。

その時、乳母は一歩退《しさ》って低頭し、明衣子にも促した。

時の帝《みかど》、若建尊《わかたけるのみこと》と知れたのである。

大泊瀬若建尊は昨秋、登極されたばかりであった。允恭帝の第五皇子であったが、前年、兄たる帝・穴穂尊が弑されたのを機に、皇位を思ほす兄弟を悉く殺して、即位されたと聞こえている。泊瀬朝倉の地で、宮を営まれて程ない。忍坂に住まう明衣子の家は、朝倉宮より少し南方に当たろうか。

忍坂には朝廷の武器庫が在った。明衣子の父は、朝廷の軍事を与かる大伴氏の近侍を勤めて久しい。

「衣を濯げる麗しき乙女に出会い、朕は時の過ぎたるを忘れたり。そなたは名を、なんと申すのか」

若建尊は柔和な笑みを見せ、明衣子の顔をじっと見詰めた。

「引田部の娘にて……」と、乳母が言いかかるのを、明衣子が遮った。

「明衣子と申しまする。忍坂に住まいまする引田部の明衣子と——」

弾かれたかのように彼女は名を告げた。女子が男に名を明かすという事が、いかなる意味を持つものか、それとなく知ってはいた。自らの名を明かした限り、若建尊に召され嫁ぐ事をも承諾するという心根である。尊の意を酌む事に、彼女はなんの疑いも持たなかった。

若建尊は莞爾《かんじ》として頷いた。

明衣子の眼には尊の容姿が、真に凛々しく映じた。動悸が激しくなり顔が紅潮するのを覚える。夢うつの中をさまよえる己の姿を見ているようである。

「この山鳥をくれてやろうぞ。これほど見事な鳥は、滅多に手に入らぬぞ。羽根を毟って燻るがよい。夕餉の馳走じゃ」

若建尊は従者が手にする山鳥を取り上げた。尊は兜を脱ぎ、鉢の内へ山鳥を入れると、兜ごと明衣子の方へ渡して寄越した。

「明衣子とやら。暫くの間、嫁がずに朕を待っていてくれようか。今に必ず召し出そうほどに、この兜を朕の証として預けおく」

明衣子は受け取った兜を、抱きかかえて頷いた。尊の言葉を素直に信じきっていた。

「朕はこれより、朝倉宮へと立ち戻り、軍事に忙しく立ち働かねばならぬ。時には半年余を経る事になるやもしれぬ。いつ落ち着ける事になるか分からぬのじゃ。したが、その日まで待っていやる事を切に望む。そのうち必ず召しいで、妃《みめ》と成そうぞ。分かってくれようか」

「あい。いつの日までも、お待ち申しあげておりまする」

明衣子は己の巡り合わせが、これによりいかなる事になりうるか、まだ知る由もない。ただ邪気もなく、応えたのみである。

微笑みで報い、若建尊は踵を返した。

二

雲脚が怪しく流れ、三輪の山並みを覆うと見る間に、恐ろしい勢いで急に陽が陰る。明衣子と乳母が忍坂の住まいへ帰り着くと同時に、雨が激しく降り注いできた。

門を潜るとすぐさま乳母は、明衣子の父母の居所を指し駆け込んでいった。衣を着替える手間ももどかしげである。今朝方の出来事を、気もそぞろに報じる事であろう。

常から乳母は、明衣子の身に生じた出来事を、まるで己が事のように思い入れて話をするのである。二十歳ほど年上の乳母は、己の赤子が死んだ事もあってか、明衣子が生を受けてよりこの方、いつも何事であれ終生を共にせんとするような言動を見せるのであった。明衣子が幼い頃からの着古して捨てた衣類までを、乳母は大事に長持の底に収めている。

明衣子は父母の居所へ、直ぐには行こうとしなかった。わざとためらう風情を取り繕っている。尊が発した言葉の余韻を、ひとりであれこれ想い巡らせ、胸を弾ませていた。

明衣子の父は、引田部意紫麻《ひきたべのおしま》という。朝廷の軍事を宰領する大連《おおむらじ》・大伴室屋《おおとものむろや》に近侍して、百余の兵を預かる武人である。意紫麻には二人の子があった。明衣子の下に、津麻呂《つまろ》という弟がいる。

娘に対する意紫麻の愛《め》でようは、ひとかたでなかった。しかし、いかに愛されようと、明衣子は未だ父に懐けない。彼女がまだ幼い頃、母は添い寝をしながら三輪山に棲む恐ろしい鬼の話を、寝物語によくしてくれた。明衣子はいつもそれを、口では恐ろしやと言いながらも聞かずにおれず、やがて安らかな眠りにつくのである。が、時たま父が横に来て、母の話を遮る。その鬼の本当の姿はこうであろうとばかり、夢の見ようもない言葉を重ねるのだ。

母の話には纏まりがなくとも、語り口がなんともおもしろく、明衣子は夢うつつで耳にしながら眠りに就く。父が話に割って入ると、疎ましくて眼が醒める。彼女はそんな時、わざと眠ったふりをした。父の話を早く終わらせ、遠ざけようとしたのである。そのような彼女の知恵は、今にしても生きていた。

衣の濯ぎを終えて家路につく道すがら、乳母は明衣子に向かい、若建尊に関わるいろいろな噂を話してくれた。尊が誕生された折、神々しい光が殿中に満ち溢れ、長じては逞しき事、人に過ぎたまえり、と称されている事。徳のある大君として褒め称えられている反面、皇位を窺う兄弟を悉く殺害した事により、悪しき大君と謗られている事も、世に多々聞こえているという。

前年八月、兄たる帝が眉輪王《まよわのきみ》に殺害されたのを機に、尊は他の兄弟達の関与を疑い、猜疑の眼を向けられたのである。先ず八釣白彦皇子《やつりしろひこのみこ》を責め問いて後、惨殺。次いで同母兄、坂合黒彦皇子を責められた。皇子は恐れて眉輪王と共に、葛城円大臣《かつらぎのつぶらのおおおみ》の邸へ逃げ込まれる。尊はたちまち兵を興され、円大臣の邸宅を囲まれた。

円大臣は若建尊の軍門に降り、領有する村苑と娘の韓媛《からひめ》を献じたが許されず、邸へ火を掛けられ、皇子もろとも焼殺される。尊はこの時、韓媛のみを助け、己の妃にされたという。既にこの年の春、若建尊は仁徳帝の皇女・橘姫皇女を皇后とされていたのである。他にも幾多の妃がおわす事は、明衣子も幾らかは知っていたが、乳母は更に話を続けた。

半年ほど前、尊が飛鳥の地で遊ばれた折、菜を摘んでいる美しい乙女を見初められた。そして今日の明衣子に対されたように、家名を問われたのである。この乙女も今は朝倉宮へ召し出され、菜摘媛《なつひめ》と呼ばれている等々……。

そのような話の数々を、明衣子はうすうす知るところであったが、意に介そうとはしなかった。尊が山鳥をくれた時、兜の鉢の内へわざわざ鳥を入れてくれたではないか。それは乙女に対して、直に鳥を持たせる事を憚った尊の心遣いでもあったろう。そうした細やかな気遣いを見せる尊が、なにゆえ悪しき大君であろうか。あの笑顔には残虐な心根など入り込む余地が、あろう筈はないのだ。

その昔、母の寝物語に割って入る父を、わざと眠ったふりで遠ざけたがごとく、明衣子は尊に関わる不都合な噂話を、悉く心の内より締め出そうとしていた。今、彼女にとって頼みとする心の拠り所は、召し出すまで必ず待っていよと宣《のたま》われた、尊の言葉のみであった。

明衣子が父母の居所へ赴いた時、意紫麻は軍装を調えている最中であった。弓矢を改め、代えの副弦を弓弦袋に入れて、数十本の征矢を念入りに揃えている。飯袋や水筒や鞋まで用意を怠らず、軍支度に余念がない。

この度の戦は相当長期に渡るものと、父が覚悟しているのを明衣子は悟った。砥石や代えの脚絆まで軍支度に入れている時は、いつも長戦になるのである。

「若建大君に宣われし事、まことの重畳じゃが、心して尽くせよ」

明衣子の姿を眼にするなり、意紫麻は情を抑えた声で言った。既に乳母から初瀬川での出来事を聞き知っている筈であったが、さほど、めでたしとばかり騒ぎ立てるふうでもなかった。

「明日から戦に行かねばならぬ。我が主の兵五千に加え、蘇我臣韓子《そがのおみからこ》どのの兵三千と合わせ、大君に従う。その間、そなたは母を助けて、よく家内を守りおけ」

明衣子は黙って頷いた。父の言い様には尊に召された事を、それほど喜んでいるふうには見受けられなかった。己の情を押しころしてしか表せない父が、明衣子には疎ましいのである。

「お祝いを致さねばなりませぬなぁ」と、母が言った。「衣や調度を整え、お召しのある日を待ちましょうぞ」

「あい。……わらわが自らの手で、衣を織りとうございます」

「それは良い事。なんとしてもこの乳母に手伝わせてくださりませ」

明衣子と母の顔を窺い、乳母が口を挟んだ。

当時の貴族の間では、男が見初めた娘の家を訪れる、妻訪い婚が殆どである。しかし、相手の娘が庶民の場合、若建尊は召し出して後宮へ入れていた。だが、時によっては明衣子の家まで訪れよう事があるかもしれないのだ。いかにして尊をお迎えすればよいのであろうか。また召された時には、どのような衣で身を飾れば……。等々と明衣子の想いは限りなくひろがる。母や乳母と語らう楽しさに、胸が弾む。

そんな矢先、また父が遮った。

「大君は登極されてまだ間もなく、邪《よこしま》に乱を為すもの多くあり、苦渋の内におわす。叛徒と見立てるや御兄弟に至るまで、悉く滅ぼさねばおかぬ気性激しき御方じゃ。国内を平定するのに幾年を経るやもしれぬ。お召しがあるのを待つには、余程の心構えが肝要ぞな」

明衣子は顔を曇らせ、庭先に眼を投げた。雨音が激しく、縁先を叩いている。

意紫麻にしてみれば己の立場から鑑みて、胸の内は複雑であったろう。尊の近臣たる大伴氏配下の者として、朝廷内の実情を知っている。これまでいかに多くの親王が、高御座を狙って動いた事か。為に猜疑心に苛まれた尊が、異心を抱くつもりのない者まで討ち果たされた事もある。この度の出陣も、山城国で挙兵した御馬皇子《みまのみこ》を討伐する為のものであった。皇子が兵を挙げたのは、兄たる市辺皇子《いちのべのみこ》が狩りに事寄せて若建尊に誘い出され、誅殺された恨みによるものと思われた。たとえ挙兵せずとも、ただ殺される時を待つような立場に皇子は置かれていたのである。

両皇子は共に履中帝の御子であり、若建尊の従兄弟にあたる。かつて尊の兄・安康帝は何故か市辺皇子へ皇位を譲ろうとしたほどで、尊にとって最も早く片付けねばならぬ相手であった。安康帝は弟の振る舞いをただ粗暴とみて、市辺皇子を皇太子に擁立せんとしていたのである。

この市辺皇子を近江国で誅殺した際も、意紫麻は大伴室屋に従って出陣している。表向きは猪狩りに出るとされていて、軍兵が動く事は伏せられていた。偽って皇子を誘い出し、囲んで討ち取る手筈が出来上がっていたのである。半年程前の事で、この折意紫麻は帰陣して家へ戻るなり、疲れ果てているかに身を横たえた。いつもと違う父の様子に、明衣子と母は驚いて父の軍装を解き、いかなる事情があったのか問い掛けたが、意紫麻は黙して語らなかった。

近江より軍勢が戻って暫くすると巷間には、皇子を騙し討ちにしたという噂が流れ始めた。明衣子の母は日頃から、悪しき風評には滅入るほど気に病む質で、意紫麻の身にも、何か変事があったのではないかと気に掛けていた。やがて父が精気を取り戻すと、まず噂の真相を確かめて、心の安らぎを得ようとした。明衣子は父と母の話を、傍らでそれとなく聞いていた。

「猪狩りと欺いて皇子を誘い、騙し討たれたという風説が流れておりまする。真でありましょうか」

「いや、決して騙し討ちにした訳ではない」と、意紫麻は応えた。「騙すまでもなく既に皇子は、逃れようのない運命を覚悟めされていたのであろう。どう足掻いても逃れようがないのじゃ。そこで皇子は最期の意地を見せせんとなされたのであろう、むざむざ殺されるのではなく、自ら死を以て臨まれたかに覚える。皇子は弓矢も持たず、ただ一人にて飄々と現れられたのよ。しかし、大君にはそのような皇子の瀟洒な心構えが、いかにも気に添わぬ御様子であった。我らが軍兵に、皇子を射殺せと命じられのじゃ。我は矢を放てなんだが、数十本の矢が皇子の身を貫いたわ。しかもその後、死体を斬り刻まれ馬の飼葉桶へ投げ込まれたのじゃ。我はその折から気分が悪しくなり、体調を崩した……」

「なんという惨い事を……」

母は眉根をひそめ、ちらと明衣子の方へ眼を馳せ、様子を窺うふうを見せた。意紫麻の話しぶりを、いつも明衣子が嫌っているのを知っているだけに、娘の素振りを気に掛けている。

明衣子は動揺した様子を見せなかった。勿論この時、若建尊に声を掛けられる前の事で、まだ大君の何たるかも知らなかった。ただ父がいつものように、わざと無惨な話をしているとのみ受け止めていた。娘の気を引かんとする余り、裏腹に怖い話を語り続け気色を探ろうとするのが、常の父である。それが厭わしくてならなくとも、近頃明衣子は、心を鎧で固めて取り澄ます方便を身に付け始めていた。


意紫麻が長戦の支度を調えていたにもかかわらず、この度の戦は思いのほか早く片付いたようである。若建尊の軍勢が朝倉宮へ凱旋するまで、半月をも要していなかった。御馬皇子を山城国から大和国城上郡まで追い詰めて、殺害したという。

意紫麻は忍坂の住まいへ無事に帰り着くと、軍装を解くなり、直ちに家中の者達を呼び集めた。広間には明衣子と弟・津麻呂は勿論、叔父夫妻達まで加え、沈痛な面持ちの意紫麻を中にして居並んだ。

この頃、とみに疲れを見せる意紫麻であったが、確かな口調で切り出した。

「我がこれから申す事は口外無用ぞな。明衣子が大君の妃に召されようかというその時、このような話をするのは心外じゃが、よく聞き分けたうえ、意があらば申し述べよ。したが、思いは胸の内に秘め、他言は無用ぞ……」意紫麻は息を調え、一同を見渡しながら言葉を継いだ。「此度の戦にて、我が軍は御馬皇子を追い詰め、抵抗する兵を一人ひとり排除し、最期には皇子を捕らえた。皇子は囚われの身となった不遇を嘆かれたが、かの皇子も兄皇子と同様、刑せられるにのぞみ最期の意地を見せようと為された。それは刑場にて、大君が喉の渇きを覚えられ傍らの井戸から水を汲み、まさに飲みほさんとされた時の事であった。御馬皇子が神に呪ってこう申されたのじゃ。この井戸水は百姓達《おおみたから》のみが飲む事を得て、大君たるものは飲む事能《あた》わず、もし飲めば神の怒りに触れん、とな。為に大君は殊更立腹され、皇子の体を板に張り付けてその四股を引き裂かれた……」

「もうよいわ。それ以上なにも聞かせたもうな。主どのの意向は、充分に分かり申しましたゆえ……」

　母は面を伏せ、小刻みに身を震わせている。常なら惨い事よな、とでも口にする母である。娘が大君に召されよう時、あからさまに惨いと非難する事など出来かねたのであろう。

　明衣子は母が言いかねている言葉を超越して、大君の行いは総て、帝たる美徳に相応しいものと受けとめていた。彼女が思い描くのは、女人に濃やかな気遣いを見せる若建尊のさわやかな面差しのみである。

「大君はすでに、朝倉宮へと御戻りでございましょうか」と、明衣子は尋ねた。

「昨日、帰還されたが大君はそのまま後宮へ入られたよし。今日に至るまで、表御座にお出ましにならぬ」

応えた意紫麻の表情には苦渋のかげりが窺えた。言わぬでもよい事まで、また申しいやるな、とばかり母は父をちらと睨み、面を伏せた。

明衣子は父の気まずい顔色のみが、ただ不快であった。叔父や叔母は表立ってはなにも語らず、成るようにしかなるまいてと呟き、傍観するしかないと態度で示している。

夜が更け行くと共に、一座は重苦しい雰囲気に包まれ、各々の話も滞りがちになる。その場を救ったのは、津麻呂であった。

「次に戦へ赴かれる折には、この津麻呂をお連れくださりませ。お願い致しまする」

明衣子は弟の言葉を、頼もしい思いで聞いていた。意紫麻も愁眉を開いて頷いた。

三

若建尊が御馬皇子を討って後、一年余を経ても、明衣子はまだ尊の許へ召し出されなかった。尊が訪れよう気配もなく、何の音沙汰もない。明衣子は日毎、機《はた》を織りながら、ただその日が来るのを待っていた。

「如何した事であろうか。まさか、そなたと約した事を、お忘れなのではあるまいな」

母は娘が召される事に不安を覚えながらも、常々、そう口にして首を傾げる。

「約を忘れるなどという言葉を、口になされまするな。あの大君は決して、さような御方ではありませぬ」

「それにしてもこの年の初め、池津媛《いけつひめ》なる者が、また妃として召されたと聞き及ぶ。しかるに今に至りて、媛に不義ありとばかり誅されし事、そなたもそれとなく聴き知っていよう。媛を桟敷に張り付け、焼き殺されたと聞かれるが、さても御気性激しき御方ゆえ、たとえそなたが召されても、苦労多き事と案じられてならぬ」

「いや、さような事など案じられまするな。大君は已に叛心を抱く者とか、不義の行いある者しか罰せられませぬ。御気性がただ激しいのではなく、濃《こま》やかなるをもって、敵対する者を許しがたく思われるのでございましょう」

「それにしても、母として娘の行く末を案じずにおれぬわ」

「いや、わらわはお召しを待ちまする。大君の御言葉に、嘘偽りなどあろう筈はございませぬ」

明衣子は毅然として言いきった。初瀬川での約束を尊が忘れよう事など、有り得ない。母が気に病む口振りまで、疎ましく覚えてくる。余所からいらぬ風評が聞かれる度に、ますます頑《かたくな》に心を閉ざし、一途に思いを貫こうとしていた。

「今に必ず、吉報がまいりましょう」傍らから乳母が執り成して言った。「お待ちなされませ。大君よりお召し出しの御使いがまいられましょう日を」

この年の十月、若建尊は吉野宮へ行幸され、重なる峰々を渡り行き、鳥獣を思うままに狩り出された。尊は戦に国見に恋にと、多忙を極めている様子であったが、とりわけ狩りには暇を惜しんで執心なされた。

折しも引田部意紫麻は、大連大伴室屋の命を受け、兵を率いて尊の回りを警護していた。獲り得た獲物は多く、尊は上機嫌であった。昼刻、山間の林の中に池を見出すと、池端の石に腰を下ろされて暫し憩われた。

尊はこの時、侍臣達に向かって問い掛けられた。

「猟場の楽しみは膾《なます》を造り、野饗する事にある。誰か膾を造れる者はおらぬか。賄い人に造らせる膾と、朕が自ら造れるものと、どちらがいかに美味いであろうかな。望むところを申してみよ」

どちらを望むとも、侍臣達には応え難かった。あいにくその場には、賄い方もいない。従者達は一様に押し黙ったまま応えに窮している。

と、急に尊は怒りを露わに見せ、態度が一変した。

「応えが無いとは、朕が造る膾も、賄い人が造れる膾も、皆は望まぬものとみゆる。ならば……」

言って尊は、廻りに侍る従者達の顔を見渡した。やがて馭者の一人に、眼を止める。

「……大津馬飼、その方が膾を造ってみせよ」

「我は料理の心得などなく、とても膾など造る事、適いませぬ」

大津馬飼は、尊の前に平伏した。

「許さぬ――」

若建尊は太刀を抜き放つや、一刀のもとに馭者を斬り捨てたのである。直ちに尊は車駕を返された。警護する意紫麻達の兵をも振り切るほど、もの狂おしい勢いで朝倉宮へ帰還されたという。

翌日、明衣子や母は意紫麻の口から、この間の経緯を聞き知るところとなった。

「場合によっては、我が斬られたかも知れぬのじゃ……意紫麻は怖じ気も覚めやらぬ様子で、おののきながら語るのである。もしも大君が、大津馬飼へ眼をとめられず、隣りに控えていたこの意紫麻を指されていれば、我が身が危ういところであったのじゃ。今更に恐ろしい思いぞな」

次いで意紫麻は、急変した帰還の経緯が、朝廷に知れ渡った時の子細を話すのであった。宮人達は悉く恐怖を持って尊を迎えたという。皇太后や皇后でさえ畏まれ、日媛《ひのひめ》なる容色優れた乙女を召し出し、尊の帰還に備えられたというのである。日媛の容貌は端麗にして、容姿の雅やかなる事、衆に過ぎたりと常から聞こえていた。日媛に御酒を捧げ持たせ、尊を迎え奉り機嫌を伺わんとしたのである。日媛を眼にすると、若建尊の気色は一変したという。汝ほど麗しき顔は、とこしえまで見詰めておらねばならぬと宣い、相携えて後宮へ入られたというのである。

意紫麻は語り終えると、明衣子の方へ眼をやった。

「大君のお召しを、今にしても待ちいやるのか」

「あい。待たねばなりませぬ。いつの日までも待ちまする」

明衣子が応えると、意紫麻は諾否も定かにせぬまま僅かに首を振り、言葉を継いだ。

「我から申すのも意に添わぬが、大君の御人柄を鑑みるに、妃として入るのは容易な事でない。どうあっても召されよう時を待つつもりであるならば、この意紫麻が一度、口を利いてみようと思うが、いかに……」

「それは良い考えじゃ。早速、是非そうなされませ」

母が愁眉を開いて、意紫麻の言葉を受けた。

「それだけは、お止めくださりませ」

明衣子は激しく、頭《かぶり》を振った。差し出がましい口は、利いてほしくなかった。父が真に望んでいるのであれば、先に主人たる大連大伴室屋を通じて、それとなく伺いを立ててみるのが本筋ではないだろうか。父にはそのような配慮が、いつも欠けている。気乗りしない父の口利きで、よしんば召されようと、それは決して本意ではない。嬉しくもなく、ありがたくもなかった。これまでの夢が、悉く潰れてしまうような気がするのみである。

「いらぬ口出しは無用でございます。わらわはただいつまでも待ちましょうほどに」


その日からまた、三年の歳月が流れた。明衣子が初瀬川で家名を問われてより五年目を迎える。その間、相変わらず何の音沙汰もない。

春先、若建尊は葛城山へ入り、狩りをされた。勿論この時も大伴室屋が尊を先導し、意紫麻は津麻呂と共に警護の任に当たっていた。

一行が葛城山へ分け入った時、何処からか霊鳥が現れた。今に猛り狂う大猪が襲いかかって来ると警告する鳴き声を発して飛び去った。と、見る間に草叢から、猛々しい猪が暴れ出た。尊は舎人達に向かい、早く射殺せと命じられる。が、多くの舎人は逃げ惑うばかりであった。舎人の一人に至っては怖ける余り、櫟の木に逃げ上っておののいている。

意紫麻達は弓を執り、衛兵と共に猪を囲んで射殺した。その折、尊にしても自ら弓を執られていたほどで、樹上へ逃げ上っている舎人へは当然、怒りの眼を向けられた。殺せと命じられたのである。

時に大伴室屋が、震えている舎人を庇って、間に立った。

「大君は舎人の命を顧みず、むしろ獣の方を好みに思われまするのか。猛る猪ごときの為舎人を一人失われては、世の民人はいかに思うや知れませぬ。大君をして、狼ごとき心の御方とただ恐れるのみに如かず。故にその者は許されませ」

若建尊は大連の諫言を入れ、怒りを収めて頷かれた。尊に対する時は、いかなる物事でも筋道を通して、はっきり直言すれば良いという事を、大伴室屋は知悉《ちしつ》していたのであろう。何の情も見えない質ではないのである。尊には驚くほど繊細な一面もあった。過敏な神経から生じる猜疑が、時として暴虐に走らせる事も承知し、室屋は尊に仕えていた。為にこそ大連として登用され、信任が厚いといえた。

狩りを終えた後、若建尊は帰りの車駕で一同へ向かって、こう宣われたという。

「狩り場では、人は皆鳥獣を狩る。が、朕は狩りにて、善き言葉を得て帰る」

意紫麻はこの時の出来事を、大伴室屋の人となりを誇る話として、皆に語った。明衣子はそれなりに耳を傾けていたが、胸の内を占めたのは、尊の言動のみであった。何という純な御心をお持ち方でありましょう。明衣子が思い描く尊の姿は、それのみであった。

数日後、若建尊は吉野宮へと車駕を移された。春先から暑い夏の日が過ぎるまで、吉野山の行宮へ留まられる予定である。

当然この間、意紫麻も津麻呂も尊に随行し、長きに渡って家を明けていた。行宮での出来事などは、近くに住まう叔母が訪れて来る度に、色々と耳に入れてくれた。もともと叔母は、朝廷で女官を勤めていた為、その間の事情には詳しい。

若建尊が行宮へ落ち着かれて旬日後、花見の為に出で立たれた。桜花を愛でながら奥山に分け入るうち、美しい乙女に出会われたという。乙女は花讃めの歌を謡いながら、山桜の花を摘んでいる。

「桜花の命は短かし。花芽を摘みとり何とするのか」と、尊は尋ねられた。

「花芽を塩に漬けて食し、天地の霊気を身に帯びんと致しまする」

言って乙女は山桜の一枝を手折り、尊の方へ差し出した。悦んで尊はそれを受け、乙女に家名を名乗らしめたというのである。

明衣子は叔母から、乙女は直ちに吉野宮へ召し出されたと聞かされた。彼女は心に鎧を下ろし、動じるふうを見せなかったが、母は違っていた。幾度も同じような、尊が関わる女性の話を伝え聞く度に、母は顔を曇らせ、日ごと欝ぎ込んでいくのである。

「やはり大君の許へ、一度この母が参上し、事の是非を問うてみようと思うが……」と、母が言い出した。「いたずらに六年近くも経たというのに、未だ何のお召しもなく、お忘れの事としか思えぬではないか」

「いや。それはなりませぬ……」

明衣子が頭を振るのを、母は手で制した。

「既にこれまで、尊のお眼にとまりし乙女が、幾人召し出された事か数え切れぬわ。よって、そなたを未だにお召しにならぬとは、なんとも得心がいかぬ」

「大君の許へ参られよう事など、断じてなりませぬ。まして、いかなる訳で召されぬかなどと問うのは、以てのほか」

「それとなく尋ねるくらいは、よいのではなかろうか」

「いえいえ、なりませぬ」明衣子は激して、母の言葉を遮った。「こちらからお召しを押し付けるような筋合いは、決して致してはなりませぬ。わらわの気心が許しませぬ。大君にありましょうと同じ事。これまでの御気性を察せられませ。わざわざ押し掛けてくるような乙女など、厭わしく思われるものと拝察致しまする」

「そうした事が、あるやも知れませぬな」叔母が口を挟んだ。「おまえ様方は春日和爾深目《かすがのわにのふかめ》どのが娘・童女君《おぎなぎみ》の事を、御存じでありましょうか。童女君も妃とされるまでには、五年余の歳月を経ねばなりませなんだよな」

童女君については、明衣子も母もある程度は知っていたが、改めて叔母から詳しい話を聞かされた。長きに渡り尊に仕えながら、妃と認められなかったのには訳があった。

童女君が尊の侍女であった頃、一夜、手を付けられたのみで孕まれたという。女子《おみなご》が産まれたが、一宵しとねを共にしたのみで孕めるとは世に有り得ぬ異な事と、尊は疑われたのである。いかに不義はなかったと言い張っても、尊は己の子と認めようとしなかった。

ある日、その女子が宮の庭先で遊んでいる姿を、大連大伴室屋が通りがかりに見受けた。女子の雅い容姿が、余りにも尊に似ている事に、大連は感嘆した。そこで急ぎ尊の許へ向かい、童女君が潔白なお姿で大君に身を任せられし事、紛うことないと諭された。たやすく疑心を抱き、清き心ある者を厭われてはなりませぬと説いたのである。

真心を持って説かれた若建尊は、この時初めて納得される。直ちに詔勅を発せられ、女子を以て春日大郎皇女とし、母・童女君を妃として立てたのである。

実に女子が五歳になるまで疑心を抱き続けて皇女と認めず、母も妃として立てなかったのである。理に適わぬとみると事毎に猜疑心深く、いくら清き心を持って仕えても、心を許さなかったのだ。

幾年もの長きに渡って、待つ事に堪えた童女君の嘆き、それは今の明衣子と母に通じるものがあった。童女君が幸を得たのは、ひたすらこの時を待ち続けた事によって生まれた、と明衣子は思うのである。

「わらわはあくまで待ちまする」と、明衣子は母へ向かって言わずにおれない。「とこしえまでも、召されよう時まで……」

明衣子は待つという思い入れに、酔い始めていた。待つという行為に心を奪われ、運命として受け入れる事に陶酔するのである。

「待たれませ」と、乳母が横合いからまた口を挟んだ。「いつの日か必ず報われよう時がありましょうに」

四

意紫麻が軍支度を調える為、弓に弦を張っていた時、鋭い響きと共に弓弦が切れた。改めて副弦をとり、本筈《もとはず》より引かんとする。と、また切れた。

「二度までも弓弦が切れるとは、縁起が悪い事よな。この度の戦、よくよく御身を大切になされませ」

母は不吉な予感を覚えた様子で、眉をひそめている。

「いや、今、切れたからこそ、善かったのじゃ。もし弓弦が戦場で切れたならば、ものの役に立たず、命を失う羽目になったやも知れぬ」

意紫麻はいつものように、己なりの理屈を言い、軽く笑って言葉を継いだ。

「したが、この度の戦の相手は、手強いものと覚える。まして遠路、吉備国まで赴き、戦わずばなるまいて。吉備は鉄を産する大国、いにしえより表向きは朝廷と姻戚を結び、服属を見せているものの、心から心服している訳ではなかったようじゃ。それはこの度の一件にて、明らかとなったのよ」

「此度の一件とは、いかなるものでございまするか」と、津麻呂が父に尋ねた。

「下道臣前津屋《しもつみちのおみさきつや》の乱業の数々、叛心明らかにして許せるものでない。討手の兵は、物部どのの軍兵をも併せて八千、明朝を期して出陣する」

「大君はいかにして、前津屋に諍う乱心ありと見られましたのか」

津麻呂は今度の出征に、同行する事を許されていなかった。戦へ至るまでの経緯も聞かされていない様子である。

明衣子は、父が難儀な戦になると憂える余り、内心では覚悟を決めているのではないかと思った。津麻呂を帯同しないのも、その所為《せい》であろう。津麻呂はいつになく、不満げな素振りを見せている。明衣子にはそんな弟の姿が、何とも危なかしく覚えるのである。

「大君の大舎人として仕えていた者の中に、弓削部虚空《ゆげべのおおぞら》なる者がいた」と、意紫麻は話し出した。

「先頃、虚空がたまたま郷里の吉備下道へ帰った時の事じゃ。前津屋が押し止めて、大君の許へ帰そうとしない。やむなく大君は人を遣わして連れ戻された。その折、虚空が前津屋の乱行の数々を訴えたのじゃ。例えば前津屋は、少女を以て大君になぞらえ、大女を以て己に見立てて戦わしめ、もし少女の方が勝てば、自ら太刀を抜いて殺したという。このような虚空の訴えを、大君が黙って見過ごされる筈がなかろう。直ちに軍を催され、此度の出陣となったのよ。吉備国は上道臣と下道臣とが、強大な勢力を持って国を二分し、朝廷に対して争う心は見えていた。これを機に、その一端を潰さんとする訳じゃ」

翌朝、引田部意紫麻は出征の途についた。家を出る間際まで幾度も軍装を改めた後、細々とした指示を、母へ与えていた。

明衣子と津麻呂は、忍坂川の岸辺より朝倉宮を望み、去り行く父を見送った。

一ヶ月余を経て、朝廷の軍勢は吉備軍を討ち破ったと伝え聞かれた。備中国下道郡の高梁川付近で吉備前津屋の軍勢と戦闘に入り、苦戦のすえ壊走させたという。

数日後、戦勝の報の後を追うようにして、明衣子の叔父に当たる忍坂井阿比多《おさかいのあびた》が、母の許へ訪れた。阿比多は意紫麻の弟であり、此度の戦にも大伴室屋に従い、出征している筈であった。しかし、身に深傷を負い、先んじて帰国したとの事である。阿比多は肩口に矢を受け、左手が動かせぬと顔をしかめていた。

明衣子には、父の帰還より先に叔父が顔を見せるなど、かつてない異な事に思われた。母と共に叔父を出迎えた時から、不吉な気配を覚えていた。

「武運拙く、兄者は討死された……」叔父は押し拉いだ声で切り出した。「征矢で首筋を射抜かれしが、それは見事な最期を遂げられた……」

叔父は殊更意紫麻の戦死を称えんとして、誇張して語りかける様子に見受けられた。明衣子は不快な思いのままに、面を伏せた。見事な死など、この世に有り得ようか。

「なんとした事を……」母は身を震わせて嘆いた。「……やはり、弓弦が切れた事は凶兆でありましたか……」

その後、暫くの間、母は終日床に伏せり、朝餉夕餉も喉を通らぬ有様である。しかし、明衣子には母が嘆き悲しむほど、父の死を悼む気はおこらなかった。疎ましげな父の言葉を聞かされる事は、もう無いのである。あとはただ心置きなく、大君のお召しを待っていればよい。思うにつけ微かな安堵さえ覚える。

旬日を経て、津麻呂が大伴室屋の許へ呼び出された。正式に近侍として出仕する事になったのである。明衣子は弟の身支度を、自ら望んで調えてやる事に、生き甲斐を見出し始めていた。

津麻呂が出仕した日の夕刻、家に帰り着くなり、父の死に纏わる妙な噂話を耳にしたと報じた。戦闘中、敵の矢を受けて討死したというのは、表向きの事にすぎない。実際は叔父が語ってくれたようなものではないと言うのである。

「ならば、いかにして身罷られたというのじゃ。父上が帯びし太刀とか、兜のひとつとして、戻ってこぬのはどうした訳でありましょうか」

気の萎えた母に代わり、明衣子は弟に問い掛けた。父がどのような死を迎えたのか、知っておかねば気が癒されない思いである。

「それが、どなたも教えてくださりませぬ。いずれ時がくれば、明らかになろうと申されて……」

数日後、叔父阿比多が再び訪ねてきた。吉備国より朝廷の総軍が凱旋し、近隣の民人は未だ戦勝祝いに沸いている中、明衣子の家では喪に服しているところであった。

叔父は意紫麻の遺骨を届けに来てくれたのである。遺骸は甲冑姿のまま火葬に付し、骨と為されたという。土葬にするのが習わしの当時、例え戦場であってもわざわざ火葬に付すとは、類を見ぬ異な事であった。

「なにゆえ火葬にて、御骨となされたのでございましょうか」

明衣子は叔父に尋ねた。何かいわれがあるように思える。

「よいではないか。深く聞かれまするな。どのみち黄泉路《よみじ》より戻ってまいられませぬ」

母は叔父への気遣いを見せ、明衣子の言葉を遮った。

「いいえ。どうあっても知りとうございます。お話しくださりませ」

「…………」叔父は暫し言いよどんでいる。やがて意を改めて話し出した。「吉備には賊徒前津屋が奉る、神が籠もれる山があった。戦に敗れて追われた前津屋は、その山に入り立て籠もったのじゃ。我が軍の兵は山神を恐れてか、攻め入る事も為せず、ただ遠巻きにして騒ぐのみであった。このままでは何時まで経っても埒が明かぬとみて、大伴将が兄者に向かって問われた。真事に神が籠もれる山であろうか、と。兄者は、さにあらずと応えられた。我が身を以て試すべし、そう申されて山へ入って行かれたのじゃ」

「なんと、無謀な事よな……」

「常から兄者は、人から何事か問われる度に、実はこうありなんと言わねば気が済まぬ性分であったのは知っていよう。……したが、怒れる山の神とは、大蛇《おろち》であったという。真は蛇の毒に当てられ、死するに及ばれたと聞き申す」

「それとて、火葬に付したるは、何故でございましょうや」

「その事じゃが、蛇毒が総身に回り、身は悉く紫色に浮腫みて、見るも無惨な有様。形相すら定かでない為、毒が他へ移るのを恐れる余り、やむなく火葬にしたと聞き及ぶ」

「いたわしい事よな。大蛇の毒とは……。聞かずばよかったのう」

母は片袖で面を覆って嘆いた。

吉備の賊徒の中には、矢鏃に毒を塗って射来る者があるという噂が以前からあった。為に朝廷の軍は、苦戦を強いられていると聞かれていた。意紫麻にしても、毒矢を受けて死に至ったのかも知れなかった。山神や大蛇に事寄せて、話を擦り替えられたものと、明衣子は察したのである。しかし、叔父にはそこまで質《ただ》さなかった。


明衣子はその頃から部屋にひとり籠もり、己の顔を鏡に写し見ては、終日過ごすようになった。鏡に映じる面を、凝然と見詰めたまま一日中、座して動かない。朝起きては朝餉もそこそこに鏡を手にとり、夜更けて休めるまで飽かず鏡面に見入っているのである。

明衣子は父や叔父に対した時、驚くほど冷徹にその所業を見ていた。しかし、いざ己の事に関わると、かたくなに殻の内へ閉じ籠もったままであった。

母はそれを案じてか、ある日、明衣子の部屋を訪れ、世間話の体で語りかけた。

「近頃大君の所業を聞くにつけ、その心根が恐ろしやと思われてなりませぬ。過日も吉備臣田狭どのの妻・稚姫《わかひめ》を奪われ、既に後宮へ迎え入れられたと聞き及ぶ。したが、そなたを嫁にと望む郎子《いらつこ》は、世に幾多も居られよう。さればもうこの辺りで、召されよう時を待つのは、諦めてはいかがかな」

「なんと異な事を申されまするのか。大君は純な御心をお持ちの御方、大君にあたりては、一途に想いを遂げねばなりませぬ。悪しざまに大君を謗られようとは、母者とて許せませぬ」

先般、大和へ凱旋した朝廷軍に帯同して、尊の軍門に下った吉備臣田狭が朝倉宮へと入った。稚姫というのは田狭の妻で、田狭は人と会う度に、妻の美貌を自慢して憚らなかった。田狭としては朝廷に対して、異心なき事を示しおく必要もあったのであろう。妻の自慢話に、うつつを抜かす振りをしていたようである。

しかし、若建尊は稚姫の美貌を伝え聞くにつけ、心を動かさずにいられない。尊は田狭を任那国司に任じ、遠き僻地へ追いやってしまう。と、たちまち稚姫を召し上げ、己が妃としてしまったのである。

母にとってそのような尊の所業が、堪え難いものに思われてきたのであろう。

「そなたが諦めぬというならば、それも致し方ない。ならば、この母は近いうちに大君の許へと参上いたしまする。そなたと約されし事、いかに思われておられるのか質しまいらせまする」

「それは断じてなりませぬ」

明衣子は手にした鏡を放り出した。幾度となく同じ繰り言を重ねる母へ、怒りを露わに見せる。

「これまで大君は、身に過ぎた事を為す者を悉く厭わしく思われ、遠ざけようとなされました。母者とて出過ぎた事は、決して致されまするな」

「したが、そなたとの約束を問い質してみるほどの事は構わぬであろう」

「なりませぬ。もしも母者がそのような事をなさる御所存ならば、この明衣子が身を挺して、止め立て致しまする」

明衣子は憤然として座を立った。庭先へ下り立ち、辺りの山並みを見はるかす。紅葉し始めた山肌の景観を眼にするうち、次第に心が安らいでくる。気が荒いでいる時は、いつも山肌に射す陽の陰り具合を読み、今日の忍坂山は機嫌が悪いとか、三輪山の姿は明るいなどと思い巡らすのである。

いつの間にか乳母が傍らに立っていた。明衣子に寄り添い、同じ山並みへと眼を馳せている。

「お待ちなされませ」乳母が静かに言い継いだ。「お召しある時まで、心行くまで待たれませ。この乳母も共に待ちまする」

明衣子はこれまでに幾度となく、この言葉を聞いたように思う。しかし、不快感はない。むしろ心地良い思いに誘われる。明衣子は乳母の手を取り、三輪山へ眼を凝らして頷いた。

五

それからまた三年の歳月が流れた。初瀬川での出来事から数え、もう十年余を過ぎようとしている。

忍坂引田部の家中はひっそりと静まり、煩わしい世情の雑言に取り紛れる事もなかった。明衣子は時の移ろいに身を任せ、それでもただ待っていた。

大伴家に出仕する津麻呂は、室屋の信を得ている様子である。今、明衣子と母の心の拠り所は、津麻呂の動向に期待するものでしかなかった。

ある日の事、津麻呂は家へ戻るなり、明衣子と母の許へ急いでやって来た。

「遠く海原を渡りて任那まで出征し、戦に及ぶ事になるやもしれませぬ」

「そなたも行かねばならぬのか」

「はい。おそらく任那派遣軍へ編入される事になりましょう」

朝鮮半島へ出兵するかの兆しは、この年の二月頃から既に見えていた。若建尊が宗像神社の神々を祭る為、使者と巫女を社へ遣わしたのである。宗像神社は海路の守護神であり、海を渡って軍兵を派す場合に備え、安全を祈願する為の祭司と思われた。その頃、朝廷の庇護下にある任那を、新羅国が侵犯する事甚だしかったのである。

桜花が散り敷く頃、若建尊は自ら兵を率いて、新羅を討たんと謀られた。が、大連大伴室屋は、帝の親征を諫められる。親征は断念したものの尊は、蘇我宿禰《そがのすくね》、大伴談連《おおとものかたりのむらじ》等に大軍を与え、新羅征討の軍を派遣する詔勅を出されたのである。

派遣軍の一方の将、大伴談連というのは、津麻呂が仕える大伴室屋の子息であった。従って、津麻呂が任那遠征軍へ加えられる事は、当然考えられたのである。

数日を経て、明衣子は津麻呂の口より、出征する事に決したと告げられた。亡き父を見倣うかのように、彼もまた丹念に軍装を調えている。面影は父に似ているものの、津麻呂にはどこか清新な気色が漲っていた。それが明衣子には、かえって気掛かりなのである。

津麻呂は家を出掛けに、見送りに立つ明衣子へ向かって笑いかけた。

「さように憂い顔を見せられまするな。我が事は気に掛けずともよいのです。むしろ姉上、ただ待つ事ほど苦しみ多く世に堪え難き試練、他にないやもしれませぬ。この後も労多くして、幸遠かりしといえど、お心易くお過ごしくださりませ」

明衣子は胸を衝かれる思いに、涙をこらえて頷いた。弟の心遣いにはいつも、父には窺えなかった思慮がやどっているのを覚える。明衣子は親身な言葉に、初めて接した思いであった。

任那救援派遣軍は苦戦を強いられている様子である。翌年に至っても、勝利の報は聞かれなかった。大勢は敗北に近いという噂が流れ、明衣子は悪しき予感を覚えずにいられなかった。確たる勝敗の行方も見えぬまま、派遣軍の一部は徐々に本土へ引き揚げ始めている。大和へ届く風説はいずれも憂いにみち、明衣子は日毎、気掛かりな思いのうちに過ごしていた。

帰還した派遣軍の軍使が、朝倉宮へ入ったという噂を耳にし、その数日後には叔父阿比多が訪ねてきた。明衣子は悪い予感が当たったものと覚悟を決め、叔父を迎えた。

「新羅国歌良城付近の戦闘にて、大伴談連様が討死なされたという事ぞ。大連室屋様のお嘆きひとかたでなく、おいたわしい限りである。同じ日、紀岡前来目連《きのおかさきのくめのむらじ》様も討死されたという知らせがありもうした」

津麻呂が所属する部隊の将・大伴談連が討死したと伝えれば、配下の者達もまず無事では居られまいという含みをみせて、叔父は言っている様子である。おそらく母に対する、叔父なりの配慮なのであろう。しかし明衣子には、父と同様の叔父の気配りが、なんとも厭わしい。

「それで……。津麻呂は無事でありましょうか……」

母は震えを帯びた声音で尋ねた。

叔父は暫く言いよどみ、間をおいて言葉を継いだ。

「その折の事よ。夜戦となり、新羅王は僅かばかりの兵を率いたのみで逃げ出した。我が軍の諸勢は夜道を追撃したが、それは新羅軍の仕掛けた罠であったのじゃ。我が軍勢が不案内な夜道へ踏み入ったとみるや、新羅王はとって返した。あらかじめ道の両側に、兵を伏せていた様子じゃ。伏兵と併せて、一気に我が軍を押し包み、反撃に転じてきよった。力を極めて戦ったが利あらず、悉く討死なされた……」

「津麻呂も、死にたもうたのか」

「伝え聞くところによれば、乱戦の最中、津麻呂は主人の姿が見えぬのに気付いた。我が主・大伴公は何処におわしますと、尋ねまわったという。紀連《きのむらじ》どのの近侍が、汝の主は先ほど敵の手に掛り討死されしと、屍のある場所を指差した。津麻呂は地団駄踏んで悔しがり、大伴公すでに亡き今、何をもって我ひとり生けんと言いざま、また敵の直中へ突入して討死したという事ぞ。津麻呂が忠勇、褒め称えぬものなく……」

「なんと、悔しき事よな」

言って母は泣きくれる。母の悔しさは、津麻呂が敵中へ身を捨てた事によるものに相違なかった。明衣子には、いかにも弟らしい最期に思われ、目頭を熱くした。

「総大将たる紀小弓宿禰《きのおゆみのすくね》様も先日、彼の地にて身罷られたと伝え聞かれる。が、大君は更に新羅へ追討の軍を派さんと思し召されるやもしれぬ。その時は、我もまた海を渡る事になるであろう」

叔父は嘆息し、眼を潤ませた。


その日からというもの、母は嘆きのうちに終日、床に伏せるようになった。すっかり老いをみせ、起居もままならぬほどである。日毎、明衣子へ向かっては、寄る辺ない身の不幸を呪い、不平を口にするのであった。

幾月か経った頃、母は何を思ったのか、急に臥所《ふしど》から起き出てきた。お心やすらかにお休みくださりませと、明衣子がいくら言っても聞かない。

母は鏡へ向かうと、ものの怪に憑かれたように白髪を櫛けずり、紅を掃くのであった。それのみでなく、幾多の衣を求めて歩き回ろうとする。衣々《きぬぎぬ》を纏めると、進物としての体裁を調え始めたのである。

「いったい、その進物を、如何なされるおつもりでございます」

明衣子は母に尋ねた。母の皺びた顔には、白粉と紅が斑《まだら》に浮き、見るもあわれな形相である。

「大君の許へと参るのじゃ。無為に三十路もとうに過ぎたそなたを、放っておけぬ。大君の心根、いかばかりか問わずにおくまい」

「それだけは、お止めくださりませ。わらわは待つ事を、さほど厭うてはおりませぬ」

「いや。もうこれ以上、我慢ならぬ。母の気心を思うてみよ。このままでは気が済まぬ。死にやる前に、そなたの子を見ずして何とする」

「なりませぬ。構われまするな。わらわはいつまでも待ちまする」

「そなたはそれでよくても、この母は承服出来ぬ。どうあっても明後日、大君の許へ参ろうほどに、そなたも心していやれ」

頑として母は譲らない。いかに説いても、退きそうな気配は見られなかった。このまま母の言いなりになるつもりは、毛頭ない。待つという事が戦にも増して、苦しく辛い事である反面、いかにまた期待に胸打つものである事か。それが母には判らぬ。あれこれ心待ちに胸を焦がし、事が成る秋《とき》を思い巡らせるのだ。

もし召し出されたその時は、いかなる科《しな》を繕えば良いであろうか。もし何事か問われし時は、どのように応じれば良いであろうか。等々と想像しながら、鏡に向かって話しかけるのである。

鏡に映じる大君の姿は、いつまでも若くて逞しい。その折の若建尊は、常に明衣子が思い為す通りの応えかたをしてくれるのである。

この世界を、母に崩されてはならなかった。もし母が大君の許へ参上すれば、鏡の中で思い通り動いてくれた尊の姿が、無惨にも崩折れてしまうではないか。明衣子には、そう危惧せずにいられなかったのである。

その夜、明衣子は夕餉をそそくさと済ませた後、乳母を呼んだ。

「衣裳《きぬも》の裁ちあとの布切れがあれば、幾重か集めてくれまいかの」

「それをして、如何なされるおつもりでございますか」

乳母は一瞬、不審げな表情をのぞかせた。

「…………」明衣子はいつまでも応えず、黙って眼を閉じている。乳母はそれ以上、なにも言わずに頷いた。

家中の者達が寝静まるのを待ち、明衣子は寝所を抜け出した。乳母が用意した衣裳の布切れを手にして、賄い方へ忍び行った。水甕を探し、布切れを水に浸す。濡れそぼつ布片を袖内に隠し持つと、そっと廊下を忍び渡った。

明衣子は母が休む臥所へ指し、静かに踏み入った。薄闇に眼を凝らし、伏せる母の姿が仄かな月明りに浮き上がるのを待つ。やがて眼が慣れるや、寝所の傍らに跪き、暫く母の寝顔を見詰めて寝息を窺った。

老いた母の顔が醜悪に見えるようにと、心に念じる。いかなる進物を携えんとて、この顔で大君の許へ罷り出る事など、許されぬと思い込んだ。

「もういらぬ気遣いはなされまするな。深くお休みなされませ」

明衣子は呟き、濡れそぼつ布切れを袖口から取り出した。それで母の顔面を、静かに覆う。鼻口の辺りを掌で覆い、徐々に力を込める。

「黄泉路へ参られませ。父上も必ずや母者を待たれておられましょう」

六

鏡を持つ手に、色艶がなくなり始めた。鏡面に映じる顔も、かつての艶めく気色は見られない。まなじりの小皺が目立って数えられる。

しかし明衣子は、そのような些事に動揺しなかった。過ぎ去った幾十年の歳月、彼女は若建尊と共に戦いながら日毎、生きてきた思いでしかない。

亡き母の喪があけて幾月か経った頃、叔父が一人の男子を連れて訪ねてきた。叔父には三人の子息があり、その末子を引田部家の養子に入れ、跡取りとして計らうが如何か、という話であった。

明衣子は総てを、叔父の意のままに任せると応えた。叔父は真仁矢《まにや》と名付けられた聡明な顔立ちの男子に、引田部の家督を継がせるよう手配し、また大伴家の近侍として出仕させてくれた。それによって家の暮らしの方便《たずき》は立った。


明衣子の乳母は腰が曲り、すっかり年老いていた。それでも常に明衣子の側を離れず、影のように寄り添っている。いろんな噂話をどこからか聞いてきては、明衣子に語りかけるのを、唯ひとつの楽しみとしている様子であった。明衣子と生を共にする事にのみ、生きがいを覚えているようなところが見受けられる。

明衣子は時たま乳母の話を聴くうち、まるで幼子《おさなご》を諭すような言い様になるのに気付いていた。場合によっては、なにか鳥肌がたつような恐ろしさを、覚える事すらある。まだ年端もゆかぬ幼児と見立てて、話しかけてくるのでないか。明衣子はそう思うのである。

「近頃、御所の庭に飼える鶏が、犬に食われて死んだそうでございます。大君はたいそう怒られ、鶏を養う鳥官《とりのつかさ》の顔に入れ墨をなし、鳥飼部《とりかいべ》の奴に貶められたと聞かれまする」乳母は明衣子の顔をじっと見詰めたまま、幼子をあやすように言葉を継ぐ。「鳥官に仕える者達は、道理も判らぬ悪しき大君と謗って憚らぬとの事。朝夕に食らえど、なお余りある鶏なのに、犬に食われたぐらいで顔に入れ墨をなし、奴に貶めるとは、理に適わぬという訳でございましょうや」

乳母のまなざしには、常に明衣子の心の動きをとらえて共感せんとする思いが込められていた。

「鶏が犬に食われたからとて、ただ大君が怒られたのではなかろうぞ」と、明衣子はやさしげに応じる。「犬に襲われるほど警護が疎《おろそ》かであったとか、鳥官の応えようが司官としての分限を弁《わきま》えぬものであったとか、何かそこに訳がある筈じゃ。その理由《ことわり》も解さずして、大君を謗ってはなりませぬなぁ」

明衣子の言葉に、乳母は我が意を得たりとばかり頷くのである。たとえ明衣子が、別の意味合いの言葉を口にしたとしても、乳母は同じように、相槌を打つに相違なかった。

「ただ偏《ひとえ》に大君の所業を見やり、悪しざまに申してはなりませぬ。奥に秘められた真事をも見極めねば、本当の御心は知れませぬに」

明衣子が応じる度に、乳母は幾度となく繰り返し頷くのである。そしてまた新たな噂話で心を満たし、語り継ぐのであった。

「大君は先頃、木匠《こだくみ》に楼閣《たかどの》を造らしめたと伝え聞かれまする。木匠は楼に上ると、四辺を飛ぶがごとく疾り渡ったとか。時に伊勢の采女《うねめ》が通り掛かり楼上を仰ぎ見て、木匠の姿に驚く余り捧げ持つ御饌《みつけ》を覆されしとやら。大君は木匠が采女を嬲《なぶ》れりと疑われ、警吏に命じて捕らえ、殺さんと思しめされた由にございます。折しも秦酒公《はたのさけきみ》なる者が大君の御側にあり、琴を横たえて弾きながら歌を謡われました。木匠として見事な腕を持ち、大君にとこしえまでも仕え奉らんと常に祈っていた者の命を、たかが采女が驚いたくらいで奪うとは、なんとも惜しい事よな、という意味の歌であったそうにございまする。大君はその歌を聴かれ、すぐに悟られて怒りを収め、木匠を赦されたのでございます。その場に居合わせた者は、さすがに賢き帝よと、称えられたかに伝え聞かれまする」

「それはいかにも大君らしき事よな。慕わしいかぎりではないか」

明衣子と乳母は、眼をあわせて頷き合い、心の拠り所を確かめ合うのであった。


明衣子は朝餉を終えると、日和を見ては初瀬川へ赴き、衣を濯ぐ事にしていた。思い出の川辺に入り衣を濯ぎながら、時たま崖上へ眼を投げる。今にも陽を受けた兜が、きらと川面に煌めくのではないかと思われる時がある。なにもないと判っていても、わざと崖上をふり仰いで見たりするのであった。幾度となく仰ぎ見るうち、得心がいくまで続けねばいられなくなる。あの日から、もう既に二十余年をも過ぎようとしているのだ。


乳母の腰は曲り、杖をつきながら河原へ下りるのも大儀そうに見て取れた。

「衣の濯ぎは、わらわひとりにても充分にまかなえよう。そなたは家で待っているがよい」

明衣子がいくらそう言っても、乳母は聞き入れない。茹る暑さが続く日でも、杖に縋って後を追ってくる。やむなく手を添えて乳母を庇い、やっと河原へ下りる。岩場を選んで乳母を休ませるのだった。

「無理をせずともよい。疲れたら遠慮なく申せ。いつでも好きな時に休み、ゆっくり憩うがよい」

「この乳母には憩うているような間が、もうございませぬ」

乳母は頭《かぶり》を振り、労りを嫌う。

「年老いて何をそう急くのじゃ。ゆっくり休めばよいではないか」

「急いている訳ではございませぬ。ただ、憩うているような余裕《ゆとり》など持ちとうないのでございます」

「それは何故じゃ」

「その昔、罪を犯したるが故でござります。したが、心を安んずる訳にまいらぬと、日ごと固く覚悟して過ごしおりまする」

「いかなる罪を犯したというのですか。わらわはそのような事など、聞いておらぬが」

「今は申し上げる訳にまいりませぬ。明衣子様が大君の御前へ召されようその時、お話し致しまする」

七

尾花の穂先が風に舞い、野面《のずら》が白く波立つかのようだ。明衣子と乳母は衣の濯ぎを終え、いつものように帰り道を辿っていた。小道に沿う川辺の草叢は、すでに色を失い始めている。

「寒さが身にしみるのも間近じゃのう」

この季節が訪れる度に、明衣子は何十年来、同じ事を口にする。

「過ぎ行く時の移ろいも眼にする限りは、常に変わりございませぬなぁ」

乳母の応えも、いつも同じである。

と、前方に土煙りが舞い上がった。数百の軍勢が土埃を上げ、こなたを指して近付いてくる気配である。野面が騒ぎ、見る間に大きな固まりとなって迫って来た。

明衣子は乳母の袖を引き、慌てて道を譲った。小道の脇に腰を折った二人の傍らを、瞬く間にその一団は通り過ぎて行く。

若建尊が率いる軍勢であった。馬に打ち跨った尊の姿を、明衣子はしかと眼に止めた。

尊は東方を指して、軍を急かせている様子である。道端に蹲《うずくま》る二人の老女など、一顧だにしない。避けるのも邪魔なほどで、顧みる訳がなかった。

巻き上がる砂塵の中から、明衣子は静かに顔を上げた。乳母を見て、にこやかに微笑《ほほえ》む。「大君はあいも変わらず、若く逞しい御姿でありましたなぁ」

「いかにも、凛々しい事よ……」乳母は何度も頷きかえす。

既に若建尊も年老いて、昔の精悍な面影など見るよすがもなかった。何事か苦渋に顔を引きつらせ、馬を急かせている老人にすぎない。

「いつにても大君には敵対するもの多く、わらわに声を掛けよう暇《いとま》もないものとみゆる。これほどまで忙しく、立ち働かねばならぬとは、気の毒な事よな」

「数多《あまた》の皇子様達が、次の高御座を臨むに余り、政争に明け暮れていると聞かれまするが」

「大君の苦衷を察するに、争いの因を為すのは、星川皇子と知れていよう。皇子の母、稚媛《わかひめ》ともども帝位を狙い、暗躍して憚らぬ事、誰知らぬ者もなかろうに」

二人の老女は、いずれからともなく溜め息を吐き、眼を潤ませるのであった。

尊はこの年、皇位争いに決着をつけるべく、白髪皇子を皇太子として立てていた。韓媛との間に産まれた皇子である。しかし、事はそれのみで治まらなかった。

いうまでもなく尊には妃が多く、皇子皇女は十五人をも数える。なかでも最も権勢を欲しいままにする星川皇子が、常から皇太子と対立し不和が拡大していった。

星川皇子の母稚媛は、かつて吉備田狭の妻であり、その美貌を知った尊が奪って妃とした事は知られていよう。稚媛は我が子が幼い頃から、帝位に就けんと目論んでいたのであろう。皇子が長ずるや高御座を臨むには、先ず朝廷の財庫たる大蔵の長官《つかさ》に就けよと唆《そそのか》したのである。何時の世でも権力を掌握するには、三蔵の長官たる事が近道であった。

星川皇子は母の意に従い、大蔵省へ入ると権勢を思いのままに振るい始める。省の諸門を己の軍勢で固め、官費を欲しいままにした。当然、皇太子白髪皇子との間に、確執が深まる。

その上、稚媛は吉備上道臣の娘であり、背後には強大な吉備の勢力があった。皇太子とて、迂闊に手を出せなかったのである。

「かつて大君は帝位を脅かす者どもを、悉く誅殺されたものじゃ。したが近頃は、御心優しくなられたものよの。あれほど逞しく見ゆるのに、お労しいかぎりではないか」

言って明衣子は微かに首を振り、重ねて吐息をついた。

「とはいえ巷間の噂話によりますれば、決してお健《すこ》やかではあらせられぬとも聞かれまする。病を得られ、時たま床に着かれるそうにございます」

やがて幾月も経たぬうちに、乳母の言った事が真実味を帯びて伝えられてきた。翌年になると、帝の病は重く、死の床にあるという噂さえ流れている。事実、尊は詔勅を発せられ、政事の大小に関わらず、すべからく皇太子に委ねると触れ出されてもいたのだ。

例年になく暑さ厳しい夏を迎えると、尊の病状はますます重く、いつ身罷《みまか》られるか知れぬと伝え聞かれた。明衣子はこの頃、叔父の家を足繁《あししげ》く訪れるようになっていた。少しでも尊の様態を探らんとせずにはいられなかったのである。

明衣子には尊が崩じられる前に、どうしても為さねばならぬ事があった。今にして、その想いを遂げねばならなかった。もし尊が身罷られれば、待つという行為がもう無に帰してしまうのである。

明衣子は日照り続きの埃道を辿り、叔父の家の門を潜った。叔父は庭先に出て、茹る暑さに萎えた草花へ水を打っているところである。額に汗する明衣子を迎え入れると、叔父は水に浸した布を渡して寄こした。

明衣子の話し相手になる事を、叔父は近頃好んで待ち受けている様子である。五十路も過ぎた明衣子に、宮廷の内外に蔓延《はびこ》る噂話を伝えては、己の思いやりを見せているつもりなのであろう。

叔父も老境に入り、白髪が目立って多くなった。明衣子は手にした布で顔を拭い、冷ややかな感触を楽しみながら、叔父を見つめた。回りくどい話しぶりは昔と変わらなかったが、かつてのように疎ましいとは思わない。

「このところ大君は御心痛も重なり、御様態は思わしくない」

叔父は明衣子が知りたいであろう事を察して、直ぐに話し出した。

「過日も群臣を召され、近くに侍る者の手を取り、村里の吹煙が遠く野末まで立ち上ぼる様を、再び眼にする事が出来るであろうかと嘆かれた。また、皇太子と星川皇子との諍いにも、常に御心を悩ませられている御様子で、それはお労しいかぎりで御座《おわ》します」

叔父は眼を瞬《しばた》き、顔に浮く汗を拭うしぐさになぞらえて、眼許に布を押し当てた。

「大君が身罷られるのも、もう間近い事と思われまするのか」

「さよう。既に大君は覚悟めされている御様子じゃ。過日も我が主と東漢掬直《やまとのあやつかのあたい》どのを召され、遺言を残されておられる。それは総じて星川皇子に邪心ありと見立てられし故、もしやの時への備えなのじゃ。万が一の場合、先んじて星川皇子を廃せよとまで言い残されたという……」

「なんとまた御心を傷めまいらせし事か」

「そこで昨日、我が主はこの阿比多を呼ばれ、こう申された。大君が崩じられし時を期して、星川皇子がおわす大蔵省を攻める、と。故にその備え、ゆめゆめ怠るなと仰せられた」

「それほど事は差し迫っていますのか」

「いかにも。伝え聞くところによれば、星川皇子の祖父・吉備上道臣は数多の軍船を率い、この大和を指して攻め上ぼる気配を見せているという。孫たる皇子を救い、帝に登極せんとする企てじゃ。大君が崩御され次第、吉備の軍勢がこの地を指して押し進んでまいろうぞ。いや、既に賊軍は吉備を発したとの噂さえ聞かれる」

「あい分かりました……」

明衣子は暫く瞑目し、己の決意を心の内で確かめた。これまでにない気色が、面《おもて》に漲っている。

「お逢い致さねばなりませぬ」明衣子は毅然と顔を上げ、叔父を見据えた。「参内致しまする」

「逢うとは……、いずれの御方にぞ」

「知れた事。大君にお逢い致しまする。死の床にある大君を、このまま見過ごす訳にはまいりませぬ。……叔父上様、見《まみ》える段取りをお執り成しくだされませ」

「それは、ならぬ――」今度は叔父が頭を振った。「もうあの日より数えて、三十年をも過ぎようぞ。大君は恋多き御方であった。そなたとの約束など、とうの昔にお忘れであろう」

叔父は本心から思い為す事を、はっきりと告げた。うらぶれた老女の姿を、あからさまに御前へ出したくなかったのであろう。それだけは何としても避けねば、人々に嘲られ物笑いの種にされるかも知れない。まして今の大君に、いかほど哀れみの心があろうか。

「いいえ。大君は決してそのような御方ではありませぬ。幾年も待ち続けたこの想いを、必ずや分かっていただける御方でございます」

潤んだ眼許を明衣子は瞬いた。初瀬川での出来事が、今更ながら脳裏に映じてくる。

「そなたの痛ましい姿など、今もって見とうはない。このまま大君との想い出を胸に秘め、老いていくのがよいのじゃ。心に善き思いを残しおくがこそ、大事な事よな」

「もし大君が崩御されますれば、秘めた想いなど何となりましょう。お召しの時を待つ事など、もう叶わぬではありませぬか。その折は、わらわの胸衝く鼓動が止む時にございます。したが、お逢い致さねばなりませぬ。叔父上様、参内する段取り、お頼み申し上げまする」

「………」

いかに説いても、かたくなに明衣子は譲りそうになかった。

明衣子の気色に押され、叔父はやむをえず頷いた。

翌朝、明衣子は気が急くままに、古びた長持の蓋を開けた。若建尊と初瀬川で出会った日、身に着けていた衣が収めてある。

長持の底から衣を取り出すと、三十年余を経た衣はすっかり色褪せていた。明衣子はためらいもなく、それを身に纏った。衣を濯ぐ乙女に成りきったのである。

次いで、兜を取り上げ埃を払った。尊が山鳥を入れ、渡してくれた兜であった。明衣子は大事そうに兜を抱えると、泊瀬朝倉宮へ向かったのである。

あの日と同じような空模様であった。三輪山の彼方に黒雲が棚引き始め、午後からは雨景色になる気配を見せている。

参内するについては、叔父が手筈を就けていてくれた。明衣子なる者は薬事に長け、かつて尊に声を掛けられた実もあると、前もってその筋に通してある。為に今、大君の病を見舞わんと欲し、参内を赦されん事、切に願うと申告していたのだ。

若建尊は折よく、気色が優れていた。長い間、病床に伏せている事には倦んでもいた。明衣子の申し出に興を覚え、見える事を赦したのである。

明衣子が御前に進むと、御簾が上がった。この時を、どれほどの思いで待ち続けたであろうか。明衣子は暫くの間、言葉も告げない。胸の鼓動を抑え、ひたすら低頭し御声が掛かるのを待った。

「面を上げられよ。御前へ進まれるがよい」御側衆の声が静かに流れた。

明衣子は形だけ膝を進め、万感の思いをこめて、御簾の内奥へ眼をやった。御姿がほんのりと浮かび上がるのを、瞼の奥でしかと捉えた。

二人の老人は暫くの間、そのまま顔を見合わせたままであった。老いた帝の御前に、身なりは乙女の姿なるものの、皺んだ老女がぬかずいてる。遠く雷鳴が轟き、急に陽が陰った。

明衣子は意を改めて、帝の御前へ兜を差し出した。尊が山鳥を兜の鉢に入れ、渡してくれた時の子細を、言葉を選んでゆっくりと話したのである。決して嘆きは見せなかった。愚痴ごとめいた事など言っては、尊を責める事になる。

「……、ただ一途に召されよう時を、お待ち申し上げておりました」と、のみ締めた。

若建尊は兜を手に取り、じっと見入っている。やがて、感慨深く息をつき、遥か三輪山の彼方を見はるかした。黒雲が覆う虚空に、稲妻が疾る。

尊は明衣子に眼を戻し、穏やかな表情で見やった。

「覚えている。確かにこの兜は、朕がものに相違ない」

尊の声は震えをおび、掠れていた。世の行く末を案じる翁の顔があるのみだ。ただ偽っても、忘れていたとは言わぬほどの気心が、老いの中にも窺える。

「いたずらに幾年もの歳月、待たせし事か……。したが、そなたほど長きに渡り、朕に仕えし妃は、他にない。この後は朕の命に代わりて、安んじて暮らせよ」

尊はそう言って、明衣子を労った。乙女盛りの年頃を、己の一言の為無為に年老いさせた事が、偏《ひとえ》に痛ましかったのであろう。

尊は手を差しのべ、明衣子を側近く招いた。歌を詠んで与えたのである。

御諸の　巌白樔がもと　白樔がもと　ゆゆしきかも　白樔原童女《かしはらのおとめ》

「それにつけても、よくも今日まで、待っていてくれやったものよな」

尊の言葉を受け、明衣子は尊顔を仰ぎ見た。莞爾として笑い、こう応えた。

「待つは乙女の戦にてござりまする」

八

丹比道《たじひのみち》は既に秋色が深かった。若建尊（雄略帝）の葬列は、百舌鳥耳原《もずのみみはら》へ至る丹比道の中程に差しかかっていた。竹内峠を越え古市を過ぎると、尊が葬られる高鷲原の御陵がある。

葬列は陽の傾きにつれ、ゆっくりと進み行く。明衣子は一行のしんがりを、乳母の身を庇いながら歩いていた。

尊の病状が急変し身罷られたのは、明衣子が見えた後、ひと月も経ていなかった。朝倉宮の南庭には直ちに殯宮《もがりのみや》が造られ、尊の柩が置かれた。明衣子は日毎、殯宮を訪ねては、偲び言を奏上した。亡き大君を偲び霊魂を慰める為、悔やみの言葉を述べる習わしである。殯宮には幾多の妃や皇子皇女も、それぞれ競って号泣したり、偲び言を奏上しては、亡き尊の魂に奉仕していた。

殯宮の諸儀礼が完了し、高鷲原の御陵へ柩が埋葬されるには、翌年の九月まで待たねばならなかった。今その葬列が竹内峠を越え、下り坂へ差しかかろうとしている。

峠道を過ぎると眼前は急にひらけ、木々の枝葉まで眼に眩しく映じた。明衣子は延々と続く葬列の後ろから、前方に眼を凝らした。

遥か遠く、白い葺石が陽光に輝く、小高い陵が見える。尊が埋葬される高鷲原の御陵であろうか。

葬列の先頭は峠道を下り、陵へ至る道の中程に向かって伸びていた。尊の柩の後方には新帝が随行し、前後を大伴室屋配下の軍勢が警護して続いている。

この年、皇太子白髪皇子は高御座《たかみくら》を、磐余甕栗宮《いわれのみかくりのみや》に設けて登極されていた。生母韓媛は皇太后として立てられている。

大伴室屋は星川皇子を討った功により、依然、大連として朝廷の軍事権を掌中にしていた。若建尊が崩御されると同時に、遺言を実行に移したのである。室屋は志しを同じくする東漢氏と謀り、たちまち軍勢を催して星川皇子がおわす大蔵省を囲んだ。四辺を固めた上で火を放ち、星川皇子を焼殺したという。

吉備上道臣はその頃、皇子を救わんと軍船を率いて、攻め上ぼる途上にあった。しかし、播磨の港で皇子の死を知ると軍を返し、虚しく帰国していった。

その後、大きな騒乱は起こっていない。

葬列が野山を分けて緩やかに進むさまも、のどかな秋景色のひとつに見える。時たま陽を受けて煌めくのは、鉾先であろうか、兜の金具であろうか。それとて戦仕立てを思わせるものではなく、野に揺らぐ尾花と、さして変わりない静けさの中にある。

その時、乳母が小石に躓《つまず》いて転んだ。明衣子は乳母にかけ寄り抱き起こした。

「悪かったのう。ついつい景色に見とれ、そなたの手を放してしもうたわ」

「それしきの事構いませぬ。この乳母はまた明衣子様が、いらぬ考え事をなされているのでなかろうかと案ずる余り、このていたらくでござります」

「なにを思案していたというのです」

「われらの行く末、この後いつまでも、同じ思いで辿らねばならぬと、心に誓っておりまする。離ればなれになる事を恐れる余り、いらぬ思い過ごしを致したまで……。お赦しくださりませ」

「案ずるには及びませぬ。ここに至って、何故そなたを見捨てようか」

乳母は相当、疲れているように窺える。御陵へ至る道程は、歩むにも難渋する乳母に、厳しい事は分かっていた。

この日の早朝、家を出る時明衣子は、乳母が葬列に加わるのを拒む心積もりでいたのである。身支度をしていた時、乳母も同じように出立の用意を調えているのを見て、乳母の皺んだ手を握り締めた。

「もはやここに至れば、わらわに付き従う事もなかろう」明衣子は乳母の眼を覗き見て言い聞かせた。

「此度は大君が黄泉路にて、わらわを待っておられる。これより御陵へと向かい、最期の勤めを果たしてまいります。そなたはこれまで、もう充分に尽くしてくれました。この後は己の思うがままに生きるがよい」

「いや――」乳母は激しく頭を振った。「これまで常に明衣子様があっての、この乳母。いかなる事があろうとも、共に従いまする。あなた様の為せる思いは、この乳母とて同じ事と、いつも心に定めておりまする」

「そなたの心根、よく分かっていやる。しかし大君が崩じられた今、そのような事はもう考えなくてもよい。そなたは思いのままにしてもよいのじゃ」

「ならば明衣子様に、どこまでも付いて行きまする」

「ならぬ。この家にとどまり、安んじて暮らされよ」

「いや。この乳母は罪を犯してよりこの方、明衣子様に従うほか、身の処しようがございませぬ。ここ何年来、免れ得ぬ定めの中で生きております」

「以前にも確か尋ねたが、いかなる罪を犯したというのか。もう話してくれてもよかろうが」

「申し上げまする。何を耳にされましょうと、ただ乳母の愚かさのみと思し召し、お赦しくださりませ」

「分かった。話すがよい」

「それは……、明衣子様の母君のお命を、この手で絶ちまいらせし次第にござりまする」

「何としたとな……」

「あの夜、衣を水に浸し、以て母君のお命を召したるは、この乳母でござりまする」

「…………」

明衣子は凝然として、乳母の顔を見詰めた。乳母は総てを悟り、明衣子に思いを寄せる余り、悉く己が為した事と決め込んでいる。罪を明衣子に代わって背負う事が、今日までの生き甲斐であったとしか思えない。

明衣子には返す言葉もなかった。

「母はわらわの手にて……」と、口にしかけたが、乳母が総身を震わせて遮った。

「いやいや、この乳母の為したる事にて、お赦しくださりませ」

「………」

明衣子は乳母の老いさらばえた身を掻き抱いた。乳母のおののきは暫く止まなかった。やがて鎮まると、白髪を梳けずり、皺んだ顔を拭ってやった。

「わらわが想いの総てを、ここまで遂げさせてくれたのは、そなたがあっての事じゃ。疎かには致すまいぞ。そなたの忠節、今にして身に染みる。……では共に、大君の許へと参ろうかのう」

言って明衣子は、乳母の手を取り座を立った。乳母は童女のように、瞳を輝かせて頷いた。


転んだ乳母を庇い、明衣子は再び歩き始めた。もう乳母の手を二度と放すまい、そう心に念じる。

夕闇が迫る頃、やっと丹比高鷲原の御陵に至った。

夜を徹して御陵の壇上では、葬送の儀礼が執り行われた。その夜から、明衣子と乳母は、御陵の傍らに筵を敷いて座した。

昼夜、二人は寄り添ったまま動かず、七日に及んだ。見かねた者が食い物を与えたが、一物も口に入れようとはしない。

八日目、強い風雨が辺りを襲った。御陵を見回る衛士が、息絶えた二人の姿を見出した。

二人の老婆は、色褪せた乙女の衣を身にしたまま、かたく寄り添っていた。

故国の空夢

一

何故、己の命が助けられたのか、今もって大伴部博麻《おおともべのはかま》には分からなかった。

これまでにも何かにつけて、並の人と違った定めに、誘《いさな》われているような気がする事が、時たまあった。他人より我が身が優れていると思っている訳では、決してなかった。ただ、何故か己の運気が、善きにつけ悪しきにつけ、弄《もてあそ》ばれているのではないかと覚えるのである。

博麻が太宰府の衛士尉たる身から、朝鮮半島へ出兵する軍役に選任されたのは、二年前の事であった。その頃を境にして、何故己がという思いは更に強まった。博麻の同輩の中から百済《くだら》救援軍に編入されたのは、二名のみなのである。

当時、筑紫の山野には、全国から可能なかぎりの軍兵が動員され、博多湾岸へ集結しつつあった。中大兄皇子《なかのおおえのおうじ》は博多の行宮に在って、全軍の指揮を執り、派遣軍の編成を急いでいた。博麻を始めとする太宰府の衛士達は、全土から動員された軍兵が、先ず百済救援の先遣部隊に宛がわれるものと思っていたのである。

ところが先遣部隊の将、朴市秦田来津《えちのはたのたくつ》の要請により、従来から太宰府に仕える衛士達の中から、幾人かの兵が選び出される事になったのだ。その内に入ったと知った時、博麻はあらためて己の身が、他と違った定めに向かうのを知った。別段とりたてて武芸に秀でている訳でもない。まして上役の恨みをかい、貶められるような覚えもなかった。

「なにゆえ、この博麻をして此度の軍役に請われたのでございましょうか」

朴市秦田来津に初めて見《まみ》えた時、赴任の挨拶が終わるのを待って、博麻はそれを質《ただ》した。

「大事なのは、何故己が召されたのかという事ではない。その定めを、いかにして切り開いて行くかにあると知れ」

朴市秦将《えちのはたのしょう》はそう応えたのみで、頬髭が薄く笑うかにうごめいた。博麻にしてみれば、何か理があってほしかった。訳を聞かされれば、得心がいくかも知れない。

軍役を恐れて怯んだ訳ではない、という事を示す為博麻は強く頷いた。朴市秦は優れた武人として世に知られ、これに選ばれる事は、なによりの誉れという一面も持ち合わせていたのだ。

しかし博麻は、今日の白村江《はくすきのえ》の戦闘に至って、命まで弄ばれていると思わずにいられなかったのである。

朝方より始まった戦闘で、百済国錦江の河口・白村江は、幾万の兵の死体で埋まり、海水は血潮に染まっている。阿倍比羅夫《あべのひらふ》を総大将とする倭国《わこく》の水軍四百艘は、河口で待ち構えている唐の水軍へ、幾度、突入したろうか。

倭国水軍の主力は、前中後の三軍を以て編成され、総勢二万八千余人を数えた。他に遊軍として、朴市秦田来津が率いる軍船百艘、五千余の兵が配備されている。朴市秦将麾下の兵は、二年前から先遣部隊としてこの地にあり、戦なれしていた。戦機を捉えて一気に唐軍の横を衝く為、錦江南岸寄りの島影に待機させられていたのだ。その遊軍内の一艘の軍船を、大伴部博麻は与かっていたのである。

倭国の水軍はこの戦闘で、初戦から躓いていた。唐軍の巧みな計略に陥り、前軍と中軍は瞬く間に壊滅する。博麻はその有様を、島影に待機する軍船の舳先に立ち、為す術もなく見つめるほかなかった。

当初、唐軍へ突入して行く倭国の軍船は、戦鼓を打ち鳴らし勇壮ですらあった。唐軍は押されて、退いていくかに見える。が、それは倭軍を誘い込む罠であった。左右の島影に潜んでいた唐の軍船がふいに現れるや、倭軍の横腹へ殺到してきたのである。見る間に唐軍の主力も舳先を返して攻撃に転じ、水飛沫が波間に踊った。

倭国の水軍は、左右から押し寄せる唐軍に対し、船腹をさらけ出している。当時の水軍の主戦法は、船の舳先で敵の船腹に体当たりして沈没させる事が第一であった。船腹を晒《さら》していては、負けは必定である。

倭軍は慌てて舳先を回避せんとするが、半数は間に合わなかった。それでもよく奮戦したといえる。

無事に回避を終えた軍船は唐軍を迎え撃ち、舳先より船腹を寄せ会い、甲板に乗り移って斬り結び、火矢を放っては敵船を焼き払う。

総軍の将、阿倍比羅夫はこの機を促えて、挽回するべき戦機と見た。自ら率いる後軍と、朴市秦田来津が率いる遊軍に対し、唐軍の横腹へ襲いかかるよう命を下す。

大伴部博麻は遊軍の将旗船と舳先を並べ、一糸乱れぬ船団を組んだ。唐軍の横腹を衝いて突入せんと計る。

が、それより早く、唐軍は軍船を纏めて退き始めた。倭軍の追撃を巧みに交わし、遠く退くと同時に、見事に舳先を回避して倭軍の無謀な突入を待ち構えている。

阿倍比羅夫はそれと察知するや、全軍に進撃を止めるよう下知した。残兵力を纏め、改めて唐軍の主力と対峙する。焼かれた軍船の黒煙が中天に漲り、辺り一帯は昼日中に関わらず薄暗く、異臭が鼻をつく。

午後に入って三度、両軍は戦火を交えた。阿倍比羅夫と朴市秦田来津はよく戦うが、なんとしても午前中に兵力の半数近くを失った事が尾を引いている。一時的に勝利を収めるような事があっても大勢を挽回するまでに至らず、徐々に打ち減らされていった。

陽が西空に傾く頃、朴市秦田来津は僅かに残った二十艘余の軍船の率尉を呼び寄せた。最期の戦いに挑む覚悟を決めた様子である。

「これより敵の旗船を指して、ただ真一文字に突き進み、唐軍の本陣へ突入する。脇目もふらず敵船の真中を突き破り、唐将の首を挙げよ」

朴市秦将はそう下知した上で、一番間近にあった軍船の率尉を呼んだ。それが大伴部博麻であった。博麻が揺れる船縁を押さえ、朴市秦将の面前へ進み行くと、将はいつものように頬髭をうごめかして、こう命じた。

「その方はこれより、密かにこの軍船団を離脱し、錦江河口の南岸へ至りて上陸せよ。その上で、先ず百済王豊璋《ほうしょう》の安否を探れ。百済王は既に、周留城を打って出られた筈じゃ。その行方をつきとめ、もし王が無事ならば共に帯同して故国へと立ち帰り、この戦いの経緯を、上に報ぜよ」

大伴部博麻はこの時も、何故己がこの役目に選ばれたのか分からなかった。ただ、己の身に余る役目である事とは知れた。

「我は朴市秦将と共に戦わんが為、今日のこの機を待っていたのでございます。この軍を脱する事は、他の者に仰せつけられませ」

「ならぬ。故国へ立ち帰り、この戦の要旨を報ずる事が、いかに大切な役割か分からぬか。唐軍の兵力、戦法、用兵、兵備の数々、それ等を明らかにする事により、我が国は応ずる手段を講じ、亡国の危機から立ち直らねばならぬ。それほどの大事な役目に、恐れ心を抱くまいぞ」

大伴部博麻は頷くしかなかった。博麻は己の軍船に戻ると、将が率いる船団に答礼して、舳先を巡らせた。同時に、朴市秦田来津は全軍に号し、風に舞う唐軍の旗幟《きし》を指して発進した。

博麻は不安をないまぜて汗を拭った。敵陣指して去り行く船団を離れ、ただ一艘のみ舳先を巡らす事は、たとえようもなく気を滅入らせる。それぞれの軍船には、水夫《かこ》を兼ねる兵士を合わせると、五十人余り乗船していた。博麻のみならず水夫達の思いも同様にして、艪を操る動きひとつ見るにつけ息が乱れている。

博麻は気を取り直して岸辺に眼を凝らした。既に錦江河口一帯は、唐軍が制圧している筈である。唐軍の旗幟は見えぬものの、幾万とも知れぬ敵軍の中を、僅か五十余人の兵で何処に在るとも知れぬ百済王を捜し、更に敵中を突破して故国へ戻るのは、至難の業であると思われた。

博麻は人眼につきにくい岩場を選んで、軍船を寄せた。上陸しやすい砂浜を、わざと避けたつもりである。岩礁に半ば乗り上げ、綱を渡して上陸地点を確保した。海水に濡れた武具や鎧を、八月の残照に乾かしながら、配下の兵員を数えると五十四名いる。

百済王豊璋が周留城を発して、白村江へ向かっているとすれば、暫くは錦江に沿って上流へ辿らねばならない。最も危険な行程である。既に百済王は唐軍に敗れ、敗死したか捕虜となる憂き目を見ているかもしれないのだ。しかし一応、百済王の行方を探らねば、故国へ帰っても報じようがない。博麻は兵を纏めて進発せんと腰を上げた。

と突然、辺り一帯が異様などよめきに包まれた。海岸を背にする博麻一隊を押し包むかに、軍馬の嘶きや喚声が、心底を揺すりあげるかのように寄せ来るのだ。二年に渡って異国兵と戦い、異様な喚声には耳慣れしているとはいうものの、唐軍の雄叫びには常に怖じ気立つ思いであった。いつの間にか、千人に余る唐軍が現れ、回りを隙間なく包囲されている。

博麻は唐軍の配備を見て、手薄な箇所を探ったが隙は窺えない。みるみる唐兵は刀鉾を連ねて、襲いかかってきた。

博麻は配下の兵を密集隊形に纏め、包囲網の一端を切り崩さんと突き進む。しかし、たちまち討ち減らされ、瞬く間に十名ばかりを余すのみとなった。

その時、唐軍は急に戦闘を中断した。博麻達の一隊を隙なく押し包み、そのまま動かない。やがて唐兵は剣鉾を連ねたまま、じりじりと迫って来た。それまで我を忘れて剣を揮っていた者達にとって、静かに逼りくる威圧は、恐れ心を抱かせるに充分である。阿鼻叫喚《あびきょうかん》の境から一転して、異様な静寂の中、切迫する唐兵の矛先。博麻にしても逃れようのない怖じ気心が身を過ぎる。

と、唐軍の中にあって頭目と見受けられる異形の将が、一歩踏み出した。その唐将は身振りを交え、何事か叫び始めた。

博麻は一瞬、凝然として唐将の姿を見詰めた。唐将の身振りや言詞から推すと、武具を捨てて降伏せよとの意である事は、直ぐに察せられた。

悟るや博麻は、剣を投げ捨て兜を脱いだ。一度怖じ気付くと何ものにも打ち勝てず、誇りなど消散している。十人余りの配下の兵も、悉く博麻に倣った。

唐兵はその場で倭国の兵を、一人ひとり縛り上げた。博麻は後ろ手に縛られながらも、配下の兵を数えてみた。十二人ほど残っている。

唐国兵は博麻達を縛り終えると、横一列に並ばせた。そこで異形の唐将が進み出て、博麻達の面前を、まるで品定めするかのように、順々に巡り行く。

顔中髭が覆う唐将は眼を光らせ、博麻ひとりを指差した。そして配下の唐兵を呼び、何事か指示している様子である。結局、博麻のみを残し、他の倭国兵は唐兵に促され、波打ち寄せる海辺へと連れていかれた。倭人達は唐兵に背を押され、砂浜に膝を屈して座らされている。

博麻はこれから何が起こるのか、漠とした恐れに拉がれていた。囚われの身では、成り行きに任せ、ただ見詰めているほかない。岸辺より沖合に眼を転じると、最後の戦いに挑んで敗退した倭国の軍船が、悉く焼き払われ、火焔は凄まじい勢いで薄闇が迫る天空を覆っている。海中へ沈み行く軍船が突風を受けては軋み、まるで悲鳴をあげているかのようである。辺りの海は、幾万とも知れぬ屍体で黒く染まり、浜辺へ吹きくる風は異臭を孕んで顔を打つ。

その時、浜辺で青龍刀が煌めいた。浜辺に引き据えられた倭国兵へ、唐兵が次々と襲いかかる。薄闇に刀身が煌めく度に、倭国兵の首が斬り落とされて飛ぶ。

恐れ心が湧く間もなく、それは瞬時にして終わった。博麻はただ唖然として、見とれている他なかった。やがて次は己の番かという思いが、心の片隅を過ぎる。唐兵と眼を合わせられない。

しかし、博麻は唐兵に背を小突かれ、そのまま引っ立てられた。縛られたまま泗批城まで歩かされ、城郭の一隅へ押し込められたのである。そこで初めて縛を解かれ、粗末な食事も与えられた。

腹が満たされると、やっと人心地がつき、さまざまな思いが脳裏に去来し始める。何故、己の生命のみ助けられる事になったのか、訳も分からぬままに身の定め怪しさを案じたのは、この時なのである。何か言い知れぬ運命に、誘われているような気がしてならない。博麻は瞑目して端座し、故国の空に想いを馳せた。

天智称制二年（六六三年）八月二十八日、百済国・白村江での出来事である。

この日から旬日を経て、大伴部博麻は唐国の都・長安へ向かい、連れ行かれる事になる。

二

泗批城の一隅へ幽閉されている間、博麻は心中に去来する故国への想いを絶ちがたく、日毎、眠れぬ夜を過ごしていた。博麻は筑後国八女郡の出で、この時二十六歳。太宰府の衛士となって八年、父亡き跡を継ぎ、尉に叙されて二年余を経る。日を追う毎に、身内にたぎる望郷の念は、博多湾を出航した二年前に溯り、いつも鮮明に思い起こされた。

仄暗い牢屋から見える空は、手も届かぬ小さな高窓の僅かな仕切りに窺えるのみである。そのせいか故郷の空の蒼さが、なによりも鮮やかに瞼の裏に映じてくる。

早暁の博多湾を出航した倭国の軍船団の中で、博麻は当初、百済救援先遣部隊の将・朴市秦田来津の身辺を警護する兵卒の尉として乗船していた。船上から見える筑紫の大地は、緑が眩しく映え、朝まだき陽光の中で、蒼みがかった空が徐々に透けていく。

行く手の海原の中空が、鈍色に垂れ込めているのと相対し、遠ざかる空の蒼さは心に焼き付いた。

この景観を再び眼にする事が出来るであろうか、ふと博麻は思う。行く先々は不吉な兆しそのままに、ただ灰色の空と海が広がるばかりである。

「この筑紫の空を、生涯忘れまい。いつか必ず、心の糧となる日もあろうぞ」

博麻は艫辺に立ち、ひとり呟いた。

「故国を離れたかぎり、この海原の上も戦場と知れ。したが、さような気色に心を傾けてはならぬ」

いつの間にか傍らに、朴市秦将が立っている。「戦場にて気後れする者は、総じてそのようなものぞ」

言って朴市秦将は、艪を操る一人の水夫の肩を、弓杖でぴしりと打ち据えた。

「この男もあらぬ想いに、心がさまよえる様子じゃ。一同と手が合わぬではないか。博麻よ、心して努めい」

その時、一人の軍卒が狭い船内を泳ぐように渡りきて、朴市秦将の面前で片膝を屈し低頭した。

「百済王子豊璋様がお呼びでございます。船に酔われ御気分が悪しくなられた御様子にて、息をつくのもままならぬとか」

「捨ておけ。我が行ったとて直るものではない」朴市秦将は顔をしかめている。「この後、百済を平定するまで、豊璋様には今以上の苦難が待ち受けていよう。これしきの船酔いで音をあげるとは、先々が思いやられるわ」

豊璋という人物は、かつて百済が倭国と同盟を結ぶ証として、百済義慈王が人質として送ってきた王子である。以来三十年、豊璋は倭国で人質として過ごし、今に至って帰国の途上にあった。唐・新羅連合軍の攻撃を受け、百済王家が絶えた今、百済の遺臣達の望みは豊璋を擁立して再興を計らんとする縁しかなかった。百済の遺臣・鬼室福信《きしつふくしん》は、倭国へ援軍の派遣を要請すると同時に、かつて人質として送った百済王子豊璋の返還を求めてきたのである。

その頃、倭国の朝廷は百済滅亡の報に接し、危機に見舞われていた。百済を救援すれば、新羅のみならず大唐国をも敵に回して戦わねばならない。しかし、このまま放置すれば、いずれ朝鮮半島は唐の支配下に置かれてしまう。唐の脅威を、直接受ける事になる。

それよりは百済を復興して、高句麗《こうくり》と同盟すれば、唐の脅威を少しでも防ぐ事が出来るかもしれぬと見て、倭の朝廷はこの岐路を乗り切ろうと計った。鬼室福信の使者に、百済救援を了承したのである。

斉明帝六年、豊璋に帯同して百済救援軍を派遣する為、朝廷は各地で軍船の建造を急がせた。六十八歳の老女帝は飛鳥宮より難波宮へ自ら移り、出征の準備を整える。勿論、女帝には常に皇太子・中大兄皇子が付き従い、諸政はすべからく皇太子の決断によるものであったろう。

翌年正月、老女帝は軍を発し、難波宮より瀬戸内海を航行して筑紫へ向かった。外征の為老いた女帝が自ら筑紫へ向かうというのは、余程の事である。

女帝の軍団が那大津《なのおおつ》（博多）へ着いたのは、三月の下旬である。

中大兄皇子は、唐軍が来襲し博多湾へ上陸した時の事態まで想定して、事を運ばねばならなかった。ただ救援軍を百済に送りつければ、それで良いというものではない。万一の場合に備え、行宮を湾岸から、筑紫平野の奥まった朝倉橘広庭宮へと移す。しかし七月末、女帝は朝倉宮で崩御される。中大兄皇子は直ちに博多へ立ち還り、称制した。即位せぬまま帝の大王権を代行する事が称制で、これより皇子が百済救援軍の編成を急ぎ、全軍の指揮を執られる。

大伴部博麻が派遣軍に編入されたのは、この時であった。九月一日、朴市秦田来津を将とする五千余人の先遣部隊が、豊璋を警護して百済を指し、博多湾を出航したのである。

初秋の潮風は、冷ややかに頬を撫でいく。博麻は波の揺らぎに身をまかせ、豊璋の姿へ眼を転じた。豊璋の船酔いを捨て置けと断じた朴市秦将の言葉に、共感を覚えるものの、一抹の危惧をも覚えずにいられなかった。

豊璋は倭国で三十年もの間、人質とはいうものの安穏な暮らしに、慣れ親しんできている。一方の朴市秦将は四十年の生を、戦場で駆けてきた武人であった。両者の間に、言い知れぬ溝があっても不思議でない。この対立が百済国の前途に、多大の明暗を及ぼす事になるかも知れなかった。

博麻の想いは、そこまで行きついたが、潮風に身震いして、それ以上の思案は自ずから絶った。

倭国の軍船団は、壱岐、対馬を経て航行し、一艘の損害もなく百済国多沙津へ着岸した。

博麻は上陸するや直ちに朴市秦将の命を受け、先発隊を率いて北上した。一隊は道々、百済の遺臣達の兵を糾合しながら、漢城へ至った。その地で百済遺臣の主力、鬼室福信の軍勢と合流し、本隊の到着を待った。

朴市秦将は着陣するや、先ず博麻に向かって尋ねた。

「唐・新羅軍へ対するに当たりて、まず確固たる拠点を確保しなければなるまい。何処の地が適していると思うか」

「州柔《つね》の周留城がよろしかろうと存じます」

博麻は周留の地しか思い浮かばなかったので、そう応えた。何故己の意見を求められたのか分からなかったが、朴市秦将は頷いた。将はそのまま豊璋の方へ向き直り、周留城に本拠を置くべしと勧めたのである。

周留城は、一方を錦江岸に聳《そび》え立つ峻険にのぞむ、要害の地である。ただ、山城であるが為付近の土地は痩せて、農耕には適さない。豊璋は当初、朴市秦将の言を入れ、周留を都城とする事に合意したものの、民を糾合出来ぬ都には不満げな様子に見受けられた。それに対して、倭国派遣将の意見を受け入れるべしと断じたのは、鬼室福信であった。

「然り。まさに周留城こそ、我らが積年の想いを遂げるに当たり、最も相応しい都城でございます」

言って頷く鬼室福信の顔を、豊璋は不審な面持ちで見つめている。福信は百済国を護持する為、数十年に渡って戦いに明け暮れしてきた重臣である。豊璋にしてみれば、己の意を汲んで動いてくれるものとばかり思っていたのであろう。当てが外れた豊璋は、最初の出会い時からして、福信に対し冷たい眼差しを送る事になる。

翌年一月、倭国の朝廷は豊璋を差し置き、鬼室福信へ宛てて、大量の武具、兵糧を送った。それが更に、豊璋の不満を掻き立てた。

長年の人質暮らしの中で豊璋が王たる器でない事を、倭国の朝廷は見抜いていたのであろう。倭国にとって頼みに足る百済の人材は、鬼室福信でしかなかったのである。

同年五月、大将軍阿倍比羅夫が救援軍の本隊を率いて、百済へ到着した。この時、勅命を伝えて、豊璋は倭国軍に見守られるなか百済国王に即位する。が、中大兄皇子はわざわざ別に勅書を福信へ送り、よく豊璋を補佐するよう要請している。

百済はこうして形だけ復興するが、豊璋が王たる器であるまじき出来事が、次々と露見した。即位すると同時に、豊璋は周留城を捨て棄て、僻城へと都を移してしまったのである。

豊璋の暴挙を知るや、朴市秦将は激怒した。当然、鬼室福信もこれに和した。

「周留城が天険に拠り要害の地であるからこそ、唐や新羅が攻め込んでこないのである。それが平地に移っては、これまでのように守りきれまい。今最も肝要なのは、民が住みよいか等という事ではない。国の存亡こそ第一に考慮すべき時である」

朴市秦将にしてみれば、豊璋の行いは世の実勢を顧みず、実戦の何たるかも知らないものと映った事であろう。

将が案じた通り、新羅は百済へ侵攻し、僻城の近郊まで逼った。豊璋は慌てふためいて周留城へ逃げ戻り、倭軍に救援を求める。

倭国軍はやむなくそれに呼応し、二万余の援軍を編成して、新羅へ対し反撃に転じた。まず慶尚南道の二城を陥落させ、新羅の勢を殺ごうする。倭軍の攻勢を受けきれず新羅が敗勢に向かうと、泗批城に駐留する唐国軍は本国へ遣いを派せ、軍勢の派遣を要請した。唐の皇帝はこれを受け、大軍を着々と国境へ集結する。

このように緊迫した情勢の最中にもかかわらず、豊璋は又々、愚かな事をしでかした。重臣鬼室福信に謀反の疑いをかけ、捕らえたのである。しかも豊璋は、自ら処刑を命じる勇もなく、総ての所業を佞臣の所為にした。戦略に長けた功績第一の忠臣を、殺害させたのである。

当然、新羅はこの機を捉えた。百済を叩く絶好の機会とみて反撃に転じ、豊璋が立て籠もる周留城の間近かまで逼った。新羅は唐軍に対して、周留城への関門、錦江河口の白村江へ水軍の派遣を要請する。同じく百済王豊璋も阿倍比羅夫に対し、水軍の増援を求め、倭軍と合流すべく自ら白村江へ向かって進発した。

八月十七日、唐・新羅連合軍は周留城を包囲する。周留城が陥落すれば百済は都を失い、倭国にとっても百済を救援する意義まで失する事になる。錦江河口を巡る攻防が、第一の焦点となった。

唐軍は白村江へ大部隊を配し、倭軍の到来を待ち構えている。大将軍阿倍比羅夫は水軍の本隊を率い、朴市秦田来津に遊軍を与えて、錦江下流に終結し戦機を窺う。

大伴部博麻が遊軍の先手の軍船を預けられたのは、この折である。倭国水軍が白村江を突破して、百済王豊璋の軍と合流出来るか、唐軍がそれを阻止出来るかどうか、それが彼我の国運を賭した戦闘の分かれ目となる事は、明白であった。

八月二十七日、両軍は戦闘の火蓋を切り、翌日、決戦が行われるに至って、倭国水軍は大敗を喫したのである。

博麻が泗批城へ幽閉されている間、その脳裏に去来するものは、唐軍の捕虜となるまでの経緯であった。己の身を振り返るにつれ、助かった事が幸運なのか不運なのか判断しかねた。さらに囚われの身で日毎、唐国の言葉を耳にする苛立たしさは、如何ともしがたい不安を掻き立てた。

「時の移ろいに、身を委ねるしかあるまいて」

博麻はひとり呟いて、己を納得させるしかない。彼はこれと似たような感慨を、出征の為家を出る時、母との別れ際にも覚えている。遠く百済へと海を渡る博麻の身を憂い、母はとめどなく泪を流した。大伴部家系の者は、もはや博麻しかいなかったのである。

「わざわざ異国の地まで、いかにして戦いに赴かねばならぬのじゃ」帳を透かして、西陽が母の藍染めの衣に映え、屋内の調度まで蒼みがかって揺らぐ。「聞くところによれば、上役と誼《よしみ》を通じ、百済への軍役を免れた者もいるそうな。そなたはそれを怠ったのではあるまいな。それとも好んで海を渡るのか」

「百済へ赴く事など望みませぬ。したが、上役に誼を通じてまで、軍役を免れようとも思いませぬ」

博麻の言葉にこらえかね、母の泪が零れ落ちた。蒼く染まる泪はいかにも哀れに、博麻の心に染みる。

「そなたは昔から、欲というものを持たぬ子であった。自らの運気を己の手で切り開いて行こうとせぬ。この世の移ろいに身を任せているのみでは、思い為す大事も成し遂げられまいに……」

「いや、この博麻はいつにても、他の人々とまるで違った定めに誘われているような気がし、それを心の糧に致しておりまする」

「それはそなたが、賽《さい》の目の出た通り受け入れているのみで、賽の目を変えようとしていないからじゃ。並の人々は力を尽くして、悪しき目を良い目に変えようと暮らしおるのじゃぞ」

言わずにおれぬ母の哀しみが、己の身に乗り移ってくるように覚え、博麻は立ち上がった。気をふるって母に別れを告げ、家を後にしたのである。

しかしその後で、まだ妻とは呼べぬ仲の許嫁《いいなずけ》に別れを告げた時、博麻は悲しくも辛くもなかった。ただその娘も意外なほど泪を流した事は覚えている。

「今日を限りの別れとなろう。我を待っていなくてもよいぞ。このあち幾年を経て、還ってこられるか分からぬ。その泪は無下に流すまいぞ」

「博麻様にとって大切なのは、いったい何事なのでございましょうか」言って娘は、更に激しく噎び泣いた。「尋ねてもお応えくださいますまいが、わらわには解せませぬ」

博麻は未だに娘の心情を図りかねていた。それほど娘と情を通じていた訳ではない。なのに何故、これほど嘆きを見せるのか。泗沘城へ幽閉されている間、博麻の脳裏には、そのような母や娘の姿も幾度となく去来した。しかし彼は思いを馳せはするものの免れ得ぬ定めとして、己の力では如何ともしがたいと諦観するのみでしかなかった。

三

唐の都、長安や洛陽へ送られた倭国軍の捕虜は、各地の戦闘で捕らえられた者を全て含めると、その総数は千余人を数えた。

殆どの捕虜は陸路を歩かされ、洛陽へと連れ行かれたようである。捕虜といっても様々な扱い方を、唐人から受けた。洛陽の近郊に繋がれると、各地からの要請に応じて派せられ、奴隷と変わりなく拉がれた。武具の製造や城柵の造営、農耕の使役等に従事させられた者は、まだ幸いである。牛馬と変わらぬ扱いを受け、また身を辱められた者は数えきれない。

しかし、大伴部博麻のほか数名のみは、扱い方が違っていた。博麻は泗沘城を出されると、直ちに水軍の船に乗せられたのだ。他の捕虜とは別に、唐の都長安を指して、海路から発ったのである。

博麻が乗船した船には、倭軍の捕虜が他に一人乗っていた。博麻達は縛を解かれていたが、日毎の習わしとして、唐の言葉を解するよう導かれた。二人は身を拘束される事もなく、まして水夫のように扱われる事もなかったのである。

勿論、その軍船から逃れようもないが、食事も並の唐兵より充分に与えられた。一応、監視する眼はあるものの、心のままに振る舞える。ただ、唐の書簡まで読解するよう厳しく監督されたのである。

「唐人の言葉など、耳にするだけで虫酸《むしず》が走るわ。まして、かような文字など読めよう筈もなかろうぞ」

共に乗船しているもう一人の倭人捕虜、三輪稚語《みわのわくご》は、端から唐人を毛嫌いしていた。事まいに博麻へ向かって、唐国の何ものをも頭から受け入れるつもりがないという事を、自慢げに吹聴するのである。唐の書物を手に取ろうともせず、その言葉も解そうと努めない。判りきった日常の応答まで、知りながらわざと解せぬふりをしている時もある。

「このの ち幾年、唐国に留め置かれる事になるか知れませぬ。唐の言葉や文字を学ぶ事は、いつの日か必ず役に立つ時もありましょう」

博麻がいくらそう言ったところで、三輪稚語は笑って首を振るのみである。稚語はかつて、総大将阿倍比羅夫に近侍していた者で、それをまた何よりの誇りにしていた。

「我は必ずや故国へ戻ろうぞ。したが、唐国の言葉を解してなんとなろう」常にそう言い切る事で、自ずから気を奮い立たせているかに見受けられる。

そんな或る日、三輪稚語が船端に渡した小板に跨がり、小用を足していた時の事である。何人かの唐兵が稚語の股間を指差し、笑いあっていた。そこへこの軍船を差配する唐将が通りがかり、稚語に何ごとか問い掛けた。船上での暮らしに大過ないか、といった類いの誰でも解りそうな言葉である。稚語にしても、諾《だく》とばかり頷くだけで、充分応答出来る言質であった。

陽光は眩く波間に煌めき、順風に航行している。平穏な一刻が過ぎようとしていた。が、稚語は波間の一点を見つめたまま、なんとも応えない。

帆が突風を受け、帆柱が軋んだ。と、その瞬間、青龍刀が陽光に煌めいた。声を立てる間もなく、稚語の首が飛び、波間に沈む。胴体はゆっくりと傾き、海中へ飲み込まれていった。

一瞬の出来事に、大伴部博麻は唖然として突っ立つのみである。暫くして初めて、稚語は唐の言葉を解する気もなしと見られ、斬られたと察したのであった。

その後、数日を経て、大唐国の本土へ到達した。軍船はそのまま黄河の流れに逆らい、上流へ向かって進む。これが川なのか、倭国のどの河川とも比べようのない広大な景観を、博麻は恐れ心を抱きながら見つめた。

洛陽の近郊に至るまで船は進み、初めて賑やかな村里が望める岸辺へ着岸した。博麻は唐兵に囲まれながら上陸し、唐国の土をしかと踏みしめた。そこで数日、滞留した後、陽が昇ると共に果てしなく続く道を、西北にとって出立した。どこまで進んでも道は止まるところを知らず、褐色の山々が遠く霞んでは消えた。長安へ至る道程の半ばを過ぎる頃、博麻達の一隊を警護する唐兵が交替した。

新たな衛兵の部隊長たる唐将を眼にした時、博麻はあっと声を上げた。その唐将は白村江で最後の戦闘のみぎり、博麻を捕虜と為した敵将であった。唐将は博麻の姿をみとめて近寄ってくると、自ら孫徳綜《そんとくそう》と名乗った。

「また会ったな。その方はこのような縁を大切に思うがよい。唐国で生き延びようには、それが大事じゃぞ」

孫徳綜はそのような意味合いの言葉を投げかけ、薄く嗤った。

博麻はここに至るまでの間、進んで唐兵と交わり、その言動には知力を傾けて、言葉を解そうと努めたつもりである。ある程度の会話には応答出来るまでになっていたが、孫徳綜の言葉尻をそれほど深く考えはしなかった。ただ、あの時捕縛された十余人の中から、何故己だけが助けられたのか、改めて思いを馳せた。

行軍中も孫徳綜は常に、忙しげに動いていた。憩う間もなく衛兵や軍馬の差配に、声を張り上げているよう見受けられる。数日を経て、北方に眼を凝らすと唐の都・長安の外壁が見え隠れしてきた。延々と打ち続く城壁が眼前に逼るにつれ、博麻は身震いを覚えるほど威圧された。おもわず後ろを振り返り、背にしていた方へ眼を泳がせる。遥か彼方に終南山の山並みが連なり、薄雲が棚引いている。山腹には幾多の寺院道観が建てられていると聞くが、靄に霞んで眼には届かない。

長安城の外門を潜ると、宮殿の壮麗な佇まいに、更に眼を見張った。聳え立つ殿舎の数々は、倭国や百済のそれよりも数倍はあろうか。余りの壮大な構えに圧倒され、しばし佇むのみである。

その時、ふと肩を叩かれた。振り向くと、孫徳綜が立っている。

「これにて警護の任は終えた。この日を限りの別れとなる。達者で暮らせよ」

「世話になりもうした。もし再び見える時があらば、戦場でない事を祈りまする」

「いや」と、孫徳綜は嗤って首を振った。「戦の最中に会えるほうがおもしろかろうぞ」

博麻はつられて頷いた。この機に、以前から気になっていた事を、問い質しておかねばならぬと思う。

「白村江での戦いのみぎり、何故、この博麻の命のみ、助けたのでございますか」

孫徳綜は暫く応えず、嗤いを含んだ顔を相変わらず向けている。やがて、陽光に輝く宮城の頂きを、眩しげに指差した。

「さような事など、取り立てて思案するまいぞ。皇帝の思し召しとでも、心得るがよい。その方が、おぬしの身の為だ」

「いや、いかにしてもその訳を知りとう存じます。常に気掛かりで心が揺らぎまする」

「ならば、教えてやろう。あの折我は倭国兵に向かい、こう言ったのよ。既に勝敗の行方は見えた、速やかに刀戈を捨てて降伏せよ、とな。言葉は解せぬまでも、その場の有り様を汲めば、意とするところは分かろうが。我はその時、心の内で決めていたのよ。我が指図に、いち早く手応えを見せた者のみ助けん、と。従ってその意向を汲めず遅れた者は斬って捨てた。ただ、それだけの事よ。他に謂はない」

「それのみで、人の生死を分かったのか……」

「然り。……この後、その方は長安城内へ入ると、倭国の国情や軍制等につき、種々問責される事であろう。それによく応えれば救われようが、返答なくば首が飛ぶ事を覚悟しておけ」

言って孫徳綜は、後ろをも見ず去っていく。博麻は背筋が寒くなった。孫徳綜の嗤いは、親しみを見せてのものでは決してなかった。単なる意趣で、生死を分かつ者を見ていたのみではあるまいか。

今更に、腹立たしい思いが湧いてきた。

長安城の西街の外れに、妙な一角があった。城の衛兵が屯《たむろ》する営舎の並びを抜けると、ふいに街中の喧騒から取りはぐれる。異様なまでに冷ややかな一隅に行き当たると、十数区画の居舎が並んでいた。

博麻はその中の一室を与えられた。一巡りするだけで、一日余は費やす広大な城郭の中にあると、己が今何処に居住しているのか、当初、全く分からなかった。数日経ち、初めて己が起居する一角は、各国の通詞が集められている場所だと悟った。遠く天竺や吐蕃や南詔に至るまでの言葉を解する者達が、それぞれの屋舎に、数名あて養われているようである。

食事の席は屋舎毎に設けられ、一区画毎に国別の居住者を集めて、朝夕二食、出された。博麻が初めて朝餉の席に呼び出された時、そこで何人かの倭人が、先に席へ着いているのを眼にして驚いた。博麻が囲われた一画には、他に五人の倭人が扶養されていたのである。

博麻の右横の席に着く倭人は、博麻の挨拶が終わるのを待って、土師連富堵《はじのむらじほど》と名乗った。五十搦《がら》みの年配で、白髪交じりの頭をふりふり、温和な口を利く。左側の倭人は、筑紫君薩野馬《つくしのきみさちやま》と名乗り、三十路も過ぎたばかりか、強靭な体躯を持て余すようにして、語調も鋭い。話が弾むうち、両者は博麻と同じく此度の戦で捕虜となり、この地へ連れて来られた者と知れた。

しかし、対面の席に着く、他の三人の倭人は、無言のまま黙々と食べ物を口に運ぶのみである。訊かれて名を名乗ったものの、それ以上、話に乗ってこようとしない。ただ、折々見せる成り行きから察するに、相当以前から、この場所に囲われている様子と窺える。

幾月か経っても、先に捕らわれていた者達は一様に、捕虜に至った経緯や己の身分について、口にしたがらなかった。浮虜の身の上で、何か知られたくない事情でもあるのだろうか。それとも、ただ無知なだけなのか。彼等の態度を見るにつけ、倭国での身分はおしなべて、低い者達であると知れた。一介の兵卒か水夫か、或いは漁師か農耕民に見受けられる。先に通詞の席を占めながら、気後れがあるのかもしれない。

土師連富堵や筑紫君薩野馬は、連や君といった豪族に与えられる姓《かばね》を、それぞれ有している。ということは、此度の戦で、朝廷の派遣軍招集の応じた、地方豪族の頭であったろう。

大伴部博麻は、そのような豪族の近侍に等しい身分にすぎないが、一応は数十の兵士を与かる衛士尉である。先に囚われていた倭人達は、そんな博麻より更に頭を低くしなければ、方便の立たぬ者達であると思われた。そこで彼等との間に、何を話し合っても相入れない溝のようなものが、自ずと生じていた。

朝餉を終えると、博麻は決まった時刻に、聴聞所という小部屋へ日毎、呼び出された。孫徳綜が別れ際に言ったように、倭国の国情についてあらゆる事を、事細かに聞きただされたのである。筑紫から大和へ至る地勢や倭国の兵制、軍兵の動員数から武具の調達方法等について、先ず厳しく問責された。また農民は田畑に何を植え、何を好んで食べ、食物は充分に賄いきれているか。衣料については綿や麻や絹物の産地、それを民人はいかなる手段で手に入れるか等々、知る限りの事を答えるよう要求された。

唐の聴聞官は二人いて、交替で審問に当たった。彼等は書記を左右に従え、倭国の実情を吸収せんとする意欲は限りなかった。米を収穫した後の藁束の使い道に至るまで、呆れるほど些細な事を、過酷なまでに問い詰めてくるのである。

半年ほど経った頃、それまでの聴聞官に代わって、大きな頭を持て余すかのような四十搦みの男が、取り調べにやってくる事が多くなった。その男は郭務宗と名乗り、先の聴聞官が遜って応対しているところをみると、相当身分の高い者に思われた。

郭務宗は長大な顔の下寄りに、眉根から口許まであり、上半分が額から髪へ至っている。頭上に唐冠を被っている為、更にその頭が大きく見えた。博麻はその異相と接する度に、遠い異国の地にある己の姿を顧みた。郭務宗の異形や問い詰めてくる質疑も、故国の平穏な暮らしの中では見られぬ質のものであったのだ。倭国の実情を知得せんとする郭務宗の熱意は、先の聴聞官より更に、恐ろしいほど細微を究めた。言葉尻ひとつをとっても曖昧な返答は許されず、諾否を明確にしなければ糾弾された。

博麻は審問に当たって、何のけれんもなく知り得る限りの事を、応える事にしていた。処罰される事を、恐れていた訳ではない。

博麻は囚われの身となった当初、筑紫君薩野馬へ向かい、この聴聞に関わる日毎の行いに疑念をもって、問い掛けた事がある。

「倭国の実情をかくも詳しく、唐国の求めに応ずるまま話すのは、故国に対する背信ではありますまいか。唐国は我らの言動に照らし合わせ、故国へ攻め入る策を練るやも知れませぬ。唐の求めには嘘偽りにて、応ずべきでありましょうや」

「案ずるには及ぶまい。いかに返答せんとも構いやるな」薩野馬は、薄く笑いを見せて答えた。「唐国は我が国の兵備など、既に調べ尽くしていよう。今更なにを申しても、唐軍の役に立つ事などなかろうぞ」

「では何故、あれほど苛酷なまでに問い詰めてきますのか」

「軍備において唐国は、我が国より数段優れていよう。我等から何を聞き取ろうが、たいして役立つものはない。むしろ唐国が知りたいのは、人々の暮らしになくてはならぬ風物や産物、各地の風土に関わる民人達の生業等ではあるまいか。それ等は何処の僻地へ至っても異なり、ものによれば限り無く人々の暮らしを支える事もあろうぞ」

「何を尋ねられようと、ありのままに応じてよいとあらば、いささか気が軽やかになりもうした」

「おぬしはそれのみで事を済ませるつもりか」薩野馬はふいに激しい口調で応じた。「我等にして大事なのは、唐国が何を知らんとしているかというような事ではない。審問官との応酬のなかで我々はうらはらに、唐軍の兵備を知らんとし、その実情を学ばねばならぬ。この機においてこそ、唐の風土から産物、学問に至るまでの数々を学び取り、故国へ立ち帰って役立てようと思わぬか。今をおいて、その時はない。それを心にせずして、気が軽やかになったとは何事ぞ」

「………」

博麻は己の不明を恥じた。返す言葉もない。心底には唐国の実情を見聞きせんとする一端もあったが、気が軽やかになったとしか言い表せなかったのである。これ以後、博麻は聴聞官との応対に心を配り、質疑の裏を読んでは探りを入れようとした。が、郭務宗のみはそれを察してか、博麻の問い掛けに乗ってこなかった。

一年足らずの間、このような状況が続く中に過ぎた。翌年五月に至って、それほどまでに倭国の国情を調べんとした郭務宗の真意が判明した。

前月から郭務宗は、聴聞所へ姿を見せなくなっていたのである。時を同じくして、先に囚われていた三人の倭人通詞も姿を消していた。何事か起こる兆しとして、博麻はそれを受けとめた。

「いかなる訳でありましょうか。この動きは徒事《ただごと》でないと覚えまするが」

博麻は薩野馬に尋ねた。

「みだりに動かず、見守っているほかあるまい」

応えた薩野馬も気掛かりな様子を隠しきれない。三人の倭人は、顔を合わせる度に訝った。

やがてその内、事情は徐々に判明してきた。まず郭務宗は倭人通詞と共に、百済へ派遣されたという事が伝え聞かれたのである。ひと月余りも経つ頃から、更に詳しい状況を、筑紫君薩野馬が調べてきた。薩野馬はいつの間にか、聴聞官や書記達に至るまで伝手をひろげ、情報網を張り巡らせていた様子である。郭務宗は百済占領軍司令官たる唐の鎮将・劉仁願《りゅうじんがん》の書状を携えて倭国へ赴き、朝貢を勧めると同時に、倭の意向を探る役割を与えられたというのである。

天智称制三年（六六四年）五月、百三十人余の従者を率いた郭務宗の使節団は、筑紫へ上陸したと伝えられる。倭国の朝廷はそれに対し、郭務宗に面会も許さず追い返してしまう。劉仁願は百済の鎮将にすぎない故、その書状は唐の天子のものでなく、単なる私使でしかないという理由であった。

郭務宗は虚しく帰国する事になる。が、帯同した倭人通詞は、そのまま百済へ留め置かれた。そこで長安に居留する通詞は、大伴部博麻と土師連富堵、筑紫君薩野馬のみとなった。

翌年七月、唐は再び倭国へ使節団を派遣する。この度は正式に、皇帝高宗の書状を帯する正使・劉徳高を首席として、郭務宗が副使となり百済に留め置かれていた倭人通詞を含めて、二百五十名の使節団である。

倭の朝廷は今度は正規の外交団と認めた様子で、使節の入京を許した。しかし唐国の意向は、倭国の服属と朝貢を求め、同時に高句麗を征討する為倭軍の出兵を促すものでしかなかった。

その頃倭国は、未だ唐に敵対して勝利を収め得るほどの戦備は整っていない。各地から徴発した兵士を筑紫の野に集め、水城を築いた程度である。倭の朝廷は唐使の帰国に際して、送使を派遣し一応の恭順を見せるほかなかった。

その間、かつての倭の同盟国高句麗は、朝鮮半島で孤立していたが、唐の攻撃をよく防いでいた。倭国軍と百済が白村江の戦いで壊滅して以来、数年の間は高句麗も唐の大軍を跳ね返すだけの力はあった。しかし、高句麗の実権を一手に掌握する泉蓋蘇文《せんがいそぶん》が没すると、蘇文の三子が対立し、国中は争乱に巻き込まれる。当然、唐はこの好機を捉えて、高句麗征討軍を発した。天智七年（六六八年）、高句麗の首都・平壌は陥落し、ついに滅亡したのである。

朝鮮半島の殆どが唐の支配下に入った時、唐にとって次の攻撃目標は倭国でしかない。唐は着々と倭国征討の準備を整え始めた。大量の兵器糧秣が国境に蓄積され、征討軍の総勢は二十万を遥かに超えると伝え聞かれた。


その頃、大伴部博麻は唐国での暮らし向きにも慣れ、許可を得れば長安の街中へ出歩けるほどになっていた。唐が倭国征討の軍を催しているとの噂は、博麻達の耳にも届いている。

倭人達の脳裏に去来する事といえば、今にも唐軍が蹂躙するかもしれぬ故国の姿であった。唐国に対して、いかにすれば優位に立ち向かえるか、三人寄れば論じたが、どうする事も出来ぬ身を呪うしかない。彼等はいずれも、大唐の脅威を目の当たりにしている。それだけに、為す術もなく送る日々に焦りの色を濃くしていた。

そんなある日、博麻達のもとへ何の前触れもなく郭務宗がやって来た。ここ一年余り、聴聞の席にも姿を見せず、二度に渡って倭国へ往来していたのである。何がしかの変事が出来したのかと思うにつけ、博麻は胸騒ぎを覚えた。

郭務宗は博麻達を聴聞所に呼び付けると、尊大な構えを崩さず倭人達を見下すかに睥睨《へいげい》した。倭の国情を実際に見聞し事情に通じた事で、もう既に博麻達の口から聞き出すものは無いといった態度が、露わに身に染みている。唐冠の歪みを改め衣服の塵を払う体で、わざとらしく威厳を示しおき、口をきった。

「君命を申し伝える。心して聞くがよい」郭務宗は口調まで高ぶって、上よりの達しに逆らうまいと諌めおく体裁である。「この日を限りにして、その方等を捕囚の身より解き放つ。最早、唐国の捕虜にあらず。以後、その方らは思いのままに方便《たずき》を立て、暮らし行く事を許す」

それだけ言いおくと、郭務宗は直ちに座を立った。倭人達の意向に耳を傾ける気など、端《はな》からなさそうである。博麻達は急な身の変転に、唐の役人と質疑を重ねる暇すら持てなかったのだ。

郭務宗が去った後、土師連富堵が憂いを顔の皺に刻み、博麻と薩野馬を見やった。

「囚われの身を解かれたとて、喜ばしい事ではない。唐国はもう我らに、用無しと判じたものとみえよう。近々、故国へ向けて征討軍が発するのかもしれぬ」

「したが、通詞はいつにても必要でありましょう」博麻は疑問を口にした。「この機において我らを、唐国の直中へ放り出すとは解せませぬ。せめて故国へ送り帰してくれぬものでありましょうか」

「唐国は既に、我らから知り得るものはない。また戦いを催し捕虜となした者から、新たな知識を得る事こそ、唐国の望みであろうな」

「故国へ帰そうとしてくれませぬのか」

「我々を送還して得るものがあるとすれば、それも考えたであろう。しかし、莫大な富を費やして、わざわざ送り帰すほどのいわれは唐国にあるまい」

「一刻も早く、故国へ還る手立てを考えねばならぬ」筑紫君薩野馬が口を挟んだ。故国を見はるかすかに窓外へ眼を投げ、長い吐息をついて言葉を継ぐ。「我らは唐軍の事情に通じている。唐軍の兵備からして、軍船の仕様、衛車や雲車等の造り様も知った。従って我らが知り得た事を、早急に故国へ伝えねばならぬ。このまま手をこまねいていては、滅びを見ようぞ」

「帰るとしてもその手立てを、いかにすればよいのでございましょう」

「船を探して水夫を雇うにも、唐銭や黄金が必要じゃ。我らには今、なにがしかの金も無い。明日からは衣食にさえ事欠く有様となろう。いかになすべきか……」

博麻は薩野馬の言葉じりが気がかりで、筑紫の空を思い浮かべた。あの心に染み入る蒼い色は、未だ瞼の裏に焼き付いている。再び眼にする事が叶うであろうか。

「今、唐軍はあらゆる船を徴発し、征討軍を発する時の為に抑えていよう。従って百済までは陸路を行き、そこから倭国へ向かう船を探すしかあるまいが……」言いながら筑紫君薩野馬は、土師連富堵の顔をじっと見詰めた。博麻はその時、己の思惑を通り越して、二人が互いに眼で合図を送り合っているように感じた。やがて薩野馬はゆるりと言葉を継いだ。「……しかし、いずれにしても、驚くほどの大金が要る事であろう」

「先ずもって、金を作る算段を考えねばなるまいが」

土師連富堵は意味ありげな眼を薩野馬へ送り、溜め息をついた。

「幾年にも渡り、身を粉にして働けば金は出来よう。が、それでは遅い。一刻も早く故国へ戻らねば、なんともなし難い」薩野馬は苛立った声をあげる。そして富堵の方へ向かい、また目配せを送った。「早急に金が入用なのじゃ。手に入れるには、いかなる手段を講じるべきか」

三人は一様に顔を見合わせた。そのうち土師連富堵が、めっきり白髪のふえた頭をうち振り、苦渋をみせて言った。

「身を売るしかあるまい。大金を手にするには、それしか手立てはない」

「たとえ金を手にしたとて、身売りして奴隷の身となれば、故国へなど戻れますまいに」

博麻は疑問を口にした。

「左様な事など言われるまでもなく分かっているわ」富堵は薩野馬へ目配せを送り返した。「したが、この三人のうち一人が身を売るのよ。その金で他の二人が故国へ立ち帰り、火急の事態を報ずるのじゃ。それしか他に方策はあるまいが」

「では、いったい誰が身を売るのか」と、薩野馬が応じた。「誰しも故国へ帰りたかろう。もし奴隷に身を落とせば、こののち幾年を経て解き放たれる事になるか知れぬぞ」

「我が身を売ろうぞ」言って土師連富堵は、薩野馬の顔色を窺い見る。「我はこの中で最も年嵩じゃ。若い二人で国へ帰れ」

「それはならぬぞ」薩野馬が頭を振った。「年老いた者が身売りしたとて、高くは売れぬ。土師連どのは百済の地勢にも明るく、かの国の言葉も達者じゃ。故に帰国するには、連どのの力が必ず要るものと思われる。……したが、この薩野馬、我が身を売ろうぞ」

「いや、それは更に無益な事ぞ」富堵が当然のごとく応じた。「筑紫君どのは我らの中で、最も強靭な躰を持っていやる。国へ戻るには、その力こそが必要となろう。しかも、唐軍の兵備や武具の扱いにつき、限りなく詳しい。君どのがおられぬと、唐軍の要旨が正しく故国へ伝わらぬではないか」

薩野馬と富堵がお互いに、連どのとか君どのとか呼び合い始めたのに、博麻は気付いた。朝廷から各地の豪族へ下される氏姓は、博麻にとって薩野馬達と比し、その身分に近寄りがたい隔たりがある。

今、博麻は暗黙のうちに、身分の上下を知らしめられているのを悟った。これまで囚われの身では、ある程度対等に扱われていたのである。しかし今改めて身分の違いを示唆され、己の応えようがひとつしかない事を思い知らされた。

「では、……我が身を売るしかあるまいな」

博麻は成り行きから、そう言い出すしかない。一応は押し止めてくれるものと期待したが、連と君は顔を見合わせ頷き合っている。

「そうしてくれるか。御国の為じゃ」薩野馬と富堵は同時に応えた。「国へ戻ればその方を救い出す手立てを、何をおいても必ずや働きかけようぞ」

博麻は連と君の意味ありげな首肯を見て、まるで二人が口裏を合わせていたかのように覚えた。しかし、ここに至っては、何を言い返す術も思いつかなかった。

四

長安の奴隷市場は城郭の南西寄り、商人街から更に奥の片隅にあった。喧騒に包まれた商人街を抜け、三人の倭人は無言のまま歩みを速めた。

騒々しい街路から外れると博麻は急に、異様なほど気が張り詰めてくるのを覚えた。街中がふいに、言葉を交わすのも懸念されるほど静まり、異境と見紛う一角へ辿り着いた。辺りを窺うと、奴隷商人の家店は、一目でそれと知れた。各地から集う雑多な人種が、無言のまま行き交い、中には後ろ手に縛られ歩かされている者もいる。

家店の中へ入ると、まず薄暗い大部屋に通された。部屋の中には、黒人や白人の男女まで物憂い顔で屯し、世にこれほど色々な人種がいるものだと驚かされる。各地からやって来た商人がどこにいて、売られ行く者がだれなのか、彼等の眼を見れば、博麻には分かるような気がした。

博麻達三人は、同じ類いの唐人服を揃って身にしている。店の主人らしき男が、三人を良客と見たのか揉み手をしながら擦り寄って来た。

「奴《やっこ》をお求めでございましょうか。それとも白き顔の女子《おなご》でも……、お望み次第にて御用立て致しまする」

三人の倭人は、暫く無言のまま突っ立っていた。誰しも自ら、身売りするなどといった言葉を、口にしかねている。

博麻は覚悟を決め、店主の面前へ進み出た。

「この身を売りたい。いかほどに売れようか。その金は、あとの二人へ渡してくれい」

博麻がそう言うと、ふいに店主の眼がぎらりと光った。早くも値踏みするかのように、博麻の身体を頭上から爪先まで、鋭い眼光で一瞥する。

「こちらの部屋へおまわりくだされ」と、奴隷商人は顎をしゃくり、傍らの一室へ博麻を導き入れた。

博麻はそこで素裸にされ、身体の隅々まで調べられた。まず口の中に指を差し込まれ、全ての歯並びの確かさを見られる。手足の強靭さから尻穴や足裏に至るまで、隙なく点検されたのである。

店主に名を訊かれた時、博麻とのみ答えた。倭人である事、唐の言葉は解する事、歳は三十をいくつか過ぎている事等々を、偽りなく応答した。

奴隷商人にとっては、博麻の応答の一つひとつが、いくらで転売出来うるかの値踏みとなるのであろう。砂金二十両で売れると踏めば、薩野馬や富堵には、おそらくその半金も渡さぬのではあるまいか。ふとそう思うと、博麻は不安にかられて口走った。

「唐の文字も思いのままに書けるぞ」

「さような事より、一本の歯でも丈夫である事こそ大切じゃ」

店主は冷たく言い放ち、博麻に衣服を身に着けてもよいと合図した。

博麻が再び大部屋へ連れ戻されると、奴隷商人は十両余りの砂金を秤目に掛け、丁寧に布袋へ詰め込んだ。

「実は八両ほどと値踏みをしたが、なにか曰《いわ》くありげにみえるゆえ勢《はず》んだ」

恩着せがましく言いながら布袋を、薩野馬の手に押しつけた。店主は博麻の方へ向き直り、商人顔の表情を改め、言葉を継いだ。

「いかなる事情があっての事かは問うまい。したが今後、その曰くが目障りとなるゆえ忘れよ。身を売る者が因縁を引き摺りては、生き通しきれぬぞ。おまえは今から前世を忘れねばならぬ。分かったか」

博麻は黙って、頷くしかなかった。薩野馬と富堵の方へ眼をやると、二人はうしろめたさを押し隠すかに、顔を背けている。それでもやがて薩野馬は、博麻の手を握り締めた。しかし眼を合わせもせず、倭国の言葉で言った。

「その方の忠節、今生忘れぬ。無事に故国へ立ち戻らば必ず救い出す手立てを案ずるほどに、暫しこの苦境、堪え忍んでくれい」

博麻は頷いたものの、心の中は乱れていた。

「違えなく、約束出来ましょうな。解き放つ手段を講じてくれましょうな」

「確と約す。この薩野馬、我が命に代えても約は果たす」

薩野馬は砂金の袋を握りしめ、富堵を促して目礼し、そのまま背を向けた。

博麻はその時、去り行く二人の後ろ姿に向かい、もう一言、なにか言っておかねばならぬと思った。

心の動揺を抑えて呼び掛けようとしたが、その言葉は口端にのぼってこない。いったい何を言いたかったのか、二人の姿が遠ざかり人波の中へのみ込まれた後までも思い出せなかった。

数日後、博麻は競売の場へ引き出された。博麻が競り台へ立たされるまでに、既に十人余りの奴隷が競り落とされている。なかには肌の黒い南蛮人や、驚くほど美しい白い顔の西域の女まで、容赦なく売られていった。

四十人ばかりの奴隷商人の顧客が、競り台を取り囲んでいる。次々と現れる奴隷達を、あれこれ品定めしては酒肴を口にしている者さえある。

博麻は下帯ひとつで、競り台へ上がらされた。店主は博麻を指し、歳二十五と偽って紹介した。まだこの後、三十年は力仕事に耐え得るというのである。

砂金十五両ほどか、並以上の値で競り落とされた様子である。それでも店主は不満げな口振りを見せ、博麻のせいであるかのように罵った。

博麻はそのまま新しい主人の前に、引き据えられた。

「今日より、おまえの主たる金朴願《きんぼくがん》様じゃ。心して仕えよ」

言って店主は、博麻の肩に軽く鞭をくれ、跪かせた。

金朴願は唐国でも珍しいほどの小男であった。それでいて身丈より長い杖で身体を支えている。小さな顔の奥に潜む猜疑ばしった眼で、博麻を見下ろした。何事でも疑わずにおれぬ質と窺え、博麻が拝礼すべきかどうか戸惑っていると、金朴願の杖が肩先に飛んできた。

「おまえの眼は異様に光っている。それが気に食わぬ。こののち我の面前に出た時は、眼を瞑っていよ」

言って金朴願は、また杖を振るった。博麻は憤怒にかられ顔をしかめた。痛みも忘れるほど血潮がたぎり、主人を睨みつける。が、直ぐに奴隷の身に過ぎぬ事を悟らされた。金朴願の背後から屈強の男が現れ、博麻をその場で打ち据えた。主人の命に従うより他に、如何ともしがたい境遇を、身体で覚えさせられたのである。

博麻は引っ立てられ、奴隷商人の家店を出た。金朴願は四人の従者を連れていた。その内の一人に向かい、何事か命じている。

従者は奴隷家店の裏手に設けられた馬囲いから、主人の乗馬を曳いてきた。博麻を馬腹の横手へ呼び立て、手足をその場に着いて伏せよ、と命じた。

博麻が言われるままに従うと、小男の主人は博麻の背中に足を掛けて踏み台にし、馬上へ跨がった。金朴願は従者に合図して、博麻を後ろ手に縛らせた後、表通りへと向かったのである。

街中の喧騒を縫って進むと、やがて長安城の外門が夕陽の中に、黒々とした偉容を見せて逼ってきた。博麻は縄目の緩みを確かめたが、前後を従者に固められ、どうする事も出来ない。

城の外門を抜けると道を北方へとり、数里ほど歩かされたろうか。長安の北側は黄河の支流、渭水《いすい》が流れ、金朴願の屋敷はその手前にあるという。

果てしなく拡がる田畑に囲まれ、数戸の家が点在する村里に着いた。中でも、高塀を巡らせ一段と際立つ広大な屋敷が、金朴願の住まいであった。見渡す限りの田畑は、殆ど金朴願が有するもので、小作人を数十人も抱える大地主と聞かされた。所々に点り始めた明かりが仄かに揺れる小さな屋戸は、小作人の住まいであろう。

館の門を潜ると、金朴願は再び博麻の背を踏み台にして、馬を下りた。小者達にあれこれと指示を与えながら、母屋の方へ歩み去る。博麻には一顧だに眼もくれない。

一人の小者が博麻に近寄り、縛を解いた。屋敷の裏手へ回るよう命じ、博麻の動きを監視しながら歩き出した。裏門の塀際に沿って、牛馬の小屋が立ち並ぶ一角へ至ると、立ち止まり顎をしゃくった。

「おまえの仕事は今日から、牛馬の世話に関わる事になる。併せて三十頭ほどの牛と馬がいようが、御主人様にとって、おまえの命より大事な生き物じゃ。大切に思うて養え」言って小者は、馬小屋の彼方を指差した。「逃げようなどと謀っても、無駄じゃぞ。いかに速く走ったとて、渭水の辺りまでも辿り着けまい。御主人様が養える早足の馬から逃げ切れた者は、未だかつて無いのじゃ。おまえはいずれ、鼻や耳を削がれた者達を眼にする事であろう。その者共は逃亡にしくじった哀れな者と知れ。さような罰を与える事に、御主人様は容赦ない」

馬小屋の傍らに、屋根も傾く朽ちかけた小屋があった。小者は博麻の背を押し、破れた戸口を潜らせた。屋内の薄闇が肌寒く身に逼る。博麻は奥手の方に、人の気配を覚えた。

土間の暗がりに藁束を敷き詰め、白髪頭の老人が背を向けて座っている。眼を凝らすと更にその奥には、老人の孫ほどの若者が小狡《こずる》そうな顔を向けていた。

「おまえと共に働く者達じゃ。なにか分からぬ事があれば、老人に尋ねるがよい。心して教えを請い、日毎の段取りを習え」

言いおいて、小者は去っていった。博麻は異様な気配を覚えていたが、少しは気が緩んだ。急に耐えきれぬ異臭を覚え、吐き気を堪えた。異臭は牛馬の糞尿臭のみではない。部屋に染み付くすえた匂いが、避けようもなく鼻を衝く。この三人で三十頭に余る牛馬の世話にかかずらねばならぬとは、よほど激しい労役を強いられる事が目に見えている。

老人に何事か耳打ちされ、少年が立ち上がった。欠けた椀に粥を盛り、無造作に博麻の方へ差し出した。人気が僅かに動くだけで、さらに異臭が立ちこめ、博麻は粥も喉を通らない。

その夜、老人と少年はそれ以外、口を利かなかった。博麻の寝床を、指差してくれたのみである。疲れ果てていたにもかかわらず、博麻は横になっても眠れずに転々とした。やっとまどろみをみた頃、夜が明け初める前に叩き起こされた。

老人と少年は既に身支度を整え、虚ろな眼を博麻に投げている。差配の小者がやってきた時、老人は博麻に向かって言った。

「朝餉が出される前に、牛馬の糞尿の始末と、飼い葉の用意を整えておかねばならぬ。それを為し得ぬと、食事も与えられず、叩きのめされる事を覚悟しておけ」

博麻は薄明りの中で、初めて老人の顔を見た。一瞬、凝然として身を退いた。老人の顔には、鼻と耳が無かったのである。

老人は仕事の指図以外、殆ど口を利かなかった。昼日中、博麻が労役の合間をみて、話しかけようとすると、老人はかぶりを振った。

「おまえの身の上話など、聞きとうはない。また、我が身の話なども、するつもりはない。話し合って気が紛れる事もあろうが、それは人の世の事じゃ。我は地獄に墜ち、木偶《でく》となった。あらぬ世の噂話に耳を傾け、里心がついては、いらぬ気心が生じる。もしこののち逃げて捕まると、舌を抜かれよう。したが、我は人形となる。そのつもりで接してくれい」

老人はそう応じて釘をさした。いかなる労苦に耐え忍ぶとて、この心境には至れまい、と博麻は己の心に併せ、老人の心底をのぞきみた。

夜が更け行き、母屋の人々が寝静まった後まで、牛馬の世話と農具の手入れに追い使われた。日毎、少しの憩う間も見出せない。少年は狡猾で、監視の目が逸れる度に、博麻へ仕事を押しつけて怠けた。近くの畑で地虫を見つけて捕らえると、なぶり殺して遊ぶ事に熱中しているのだ。

幾年を経たろうか。年月の移ろいが博麻の心中で、時には焦りとなり、時たま諦めの境地にさえ陥る。望むべき事は、薩野馬が別れ際に残した言葉に頼るしかなかった。命に代えても必ず救い出す手立てを講ずる、という一言。薩野馬や富堵は無事に、故国へ辿り着けたであろうか。常に脳裏で、薩野馬達の働きを追い求めていなければ、身が保てそうにない。いかなる事があろうと、彼等に帰国してもらわねばならないのだ。その為にこそ、我が身を売ったのでなかったか。

薩野馬達がもたらす情報により、倭国は唐軍の来襲に備え、充分な迎撃体制をとれたろうか。唐の征討軍は倭国に向かって、既に発したであろうか。……等々、思い巡らすうち、博麻は我が身に、いつのまにか牛糞より臭い異臭が染み付いているのに気付き、驚いた事さえある。

博麻は仕事の手を休めた時、いつも空を見上げた。東方の空はどこまでも鈍色に広がり、果てしなく続いている。筑紫の港を出た時、仰ぎ見たあの蒼い空は何処にもないが、故国と繋がるただひとつのものに思え、その折だけ僅かに心が安らぐ。

何年経ったのか、二、三年の間は気にしていた。しかしその内、数えきれなくなった。

ある日の事、博麻は金朴願の許へ呼び出され、乗馬の口取りを命じられた。主人の馬の轡をひき、長安の都へ赴く事になったのである。

これまで博麻は、金朴願の所有する館や畑地内から、一歩だに外へ出る事を許されなかったのだ。老人と少年は時折、姿を見せぬ事があり、その時は御主人の馬丁として出かけているのを知っていた。しかしここ数日、老人は姿を消し、行方が分からなかった。常なら翌日には必ず戻ってくる筈である。人々が騒ぎ立てる中、逃亡したと伝えられ、やがてその死を知らされたのである。

博麻は老人の心根を訝った。あれほど木偶となる事を戒めとしていた老人が、今更何故逃亡を謀ったのであろうか。

老人が死体となって戻ってきた時、博麻はその顔を見て更に驚いた。老人は舌を抜かれていたのである。

「今に至って、なにゆえ里心がつき、逃げようとしたのであろうか」

博麻が不審に思って呟くと、若者がやってきて薄く笑いかけた。小狡い眼をした少年は既に大人びて、狡猾そうな面構えの若者になっている。

「耄碌した老人の姿を見るにつけ、哀れでならなかった。これ以上、こき使われるのは気の毒に思えたゆえ、おれが里心をつけてやったのよ」若者はそう言って合掌し、言葉を継いだ。「老人には娘が一人いるという事を、前々から知っていた。そこでおれは、洛陽の巷で娘の姿を見た者がいると、嘘をついてやった。老人は耳を塞いだが、おれは無理やり耳元で娘の姿を吹き込んだ。案の定、老人は洛陽指して逃亡を謀った。最期に当たって人心が戻り、幸せな死を迎えた事であろう。老人の姿を不憫と思えばこそ、人心に戻る死を、おれが与えてやったのよ」

若者がまだ幼い少年の頃、地虫をなぶり殺して遊んでいた姿を、博麻は思い浮かべた。あの遊びも、地虫が哀れだから殺していたのであろうか。

博麻は若者に怒りの眼を向けた。が、互いの思慮の違いに言及しても、今更どうなるものでもないと思えた。博麻はなにも言えず、その場を退くしかない。いずれにしても老人の死によって、博麻は十数年ぶりに、長安の都を再び眼にする事になる。

五

長安の街中は、相変わらず人々の喧騒に噎せ返っていた。その日、金朴願が都へ赴く用向きのひとつは、死んだ老人の代わりに、新たな奴隷を買い入れる事にあった。

奴隷商人の家店も変わりなく、以前と同じ一角にあった。一行五人の中で家店の内に入ったのは、金朴願と従者二人のみである。差配の小者と博麻は、店の裏手にある馬置き場で、馬の面倒をみながら待っているよう命じられた。

馬囲いには、他の客の馬丁も何人か屯している。馬丁達はそれぞれ、藁束で馬の背を掃いたり、水を飲ませたり、蹄《ひづめ》に詰まった土石を掻き出したりしていた。

博麻が主人の馬の鞍韉を改めていると、傍らに繋がれていた栗毛の馬が、突然嘶《いなな》いて暴れた。その馬の馬丁は慌てて手綱を手繰り、馬を鎮めんと叱咤した。耳慣れぬ言葉で、何かさかんに怒鳴り声を上げている。

博麻はその声を聞いた瞬間、奇異な感に打たれた。やがて馬丁の言葉を解した時、身が粟立つほどの衝撃を覚えた。

「小奴め、おとなしくしろ。鎮まれい——」

馬丁はただ、そう繰り返し叫んだのみである。が、馬丁の言い様は紛れもなく、倭国の言葉であった。耳のする故国の響きは、十数年ぶりの事である。

「おぬしは倭人なのか。国は何処ぞ……」

博麻は倭国の言葉で問い掛けた。馬丁は驚きの表情を露わにしたが、直ぐに警戒するような素振りを見せた。

「我は筑紫国八女郡の出、大伴部博麻と申す」

相手を安堵させるよう努めて博麻は言った。馬丁の眼が和んできた。

「対馬の者よ……」と、言葉に詰まりながら、馬丁は応えた。「それにしてもおぬしは何故このようなところで……」

博麻は白村江の戦いから、今日に至るまでの経緯を、手短に話した。馬丁はすっかり警戒心を解き、むしろ倭人と出会った喜びを見せて頷いた。

馬丁は対馬を守る水軍の防人で、多治比八束《たじひのやつか》と名乗った。二年ほど前、軍船に乗って壱岐へ向かう途上、暴風雨に遭遇したという。船は帆柱を折られ、数日間流された。そのうち陸地は見えたが、岩礁に乗り上げ、船は大破する。八束は岸辺を指し、必死で泳ぐうち溺れかかって気を失った。

気付いた時は、どこか唐国の漁村の小屋で寝かされていたという。暫くして村の長らしき人物がやって来ると、八束を奴隷商人へ売り渡したというのである。

「対馬も筑紫も、倭国は無事なのか。唐の征討軍が海を渡り、攻め寄せた事など無かったのか」

博麻は最も気に掛けていた事を尋ねた。

「十数年前には、そのような噂もあった。しかし唐軍が来襲するという事など、ただの風聞に終わった」

「なんとした……。噂のみであったとな……」

博麻は愕然とした。故国の存亡を憂い、己は身を売ってまで救わんとしたではないか。それが全く徒労であったのか。

「かつて唐は倭国を征討する為、沿岸各地の船は徴発され、軍備に抜かりなかったが……。何故沙汰やみとなったのか」

「白村江の戦いで唐は新羅と同盟し倭国軍を打ち破り、更に高句麗をも滅亡せしめた事は知っていよう。したがその後、唐と新羅との間で領地の割譲等を巡り、不始末が多々あった。新羅は唐に属領扱いされる反発もあってか、唐軍を駆逐せんと反乱を起こした。呼応して高句麗の遺将達も立ち上がり、あげく唐軍はその両国相手に戦わざるを得ぬ羽目に陥ったのよ。倭国へ征討軍を向けるどころでない。為に我が国は、侵攻を免れたのじゃ。唐軍は一兵たりと、筑紫はおろか対馬までも上陸しておらぬ」

「…………」

「むしろそれ以後、唐は我が国に対し、信を通じたかったのではあるまいか。幾年か前、帝が崩御された年の事、唐の使節が倭国を訪れたのを覚えている。その折唐はかつて白村江で捕虜と為した倭人を送還し、支援を求めたほどじゃ。以来、両国はつつがなく相和していようぞ」

博麻は瞑目し、多治比八束の言葉を聞いていた。溢れくる泪が頬を伝う。奴隷にまで身を落とした己を詛った。思うだに凶暴な気心が湧き立ってくる。押し隠す為、瞑目するより他なかった。

が、そのうち逆巻く想いに堪え切れず、博麻は表通りの街中へ駆け出した。背後で、何事か叫んでいる八束の声を聞いたが、振り切った。追い縋って来る監視役の小者の気配に、振り返りざま夢中で鳩尾へ拳を突き入れた。倒れる小者に構わず賑わう巷を、人々に突き当たりながら走る。長安の外門を抜け、人通りが途絶えても、更に駆け通した。

今頃は逃亡したものと、みなされている事であろう。追っ手が掛かるのは間違いない。今にも背後から馬の蹄の音が聞こえてくるかに思え、不安に襲われる。徐々に夕闇が迫る中、全く人通りが絶えるとかえって恐怖がつのる。幾度も後ろを、振り返らずにいられなかった。

昼間は木立ちの陰や祠へ入り身を潜めた。夜になると脇道を選んで忍び歩く。空腹を覚えると夜中に畑へ潜み入り、青物を盗んで食べた。太陽や月星を見ては、東の方角を目当てに歩き続ける。大河に行き当たると、下流へ辿った。必ず海岸線に行き着く筈である。海岸近くにさえ出れば、海に向かって左手に進むと、朝鮮半島へ辿り着くものと思えた。

髪や髭は伸びるにまかせた。慣れるに従い図太くなってくる。時に村里へ行き当たると、乞食して巡った。棒で叩きのめされ、殺されかかった事もある。なかには親切な人に行き当たり、食を恵まれ涙した。

幾月を経たか、尋ね歩いたすえ、言葉が変わる地点までやっと辿り着いた。かつて幾度となく耳にしていた百済の言葉である。なんとか百済まで行き着けた喜びの反面、そこからの道程は、更に難渋を窮めた。唐の言葉は解せるが、百済や新羅の言葉は殆ど分からないのだ。落魄《おちぶ》れた流浪の唐人風情を装い、南を指して下った。一巡りの季節が過ぎたように思える。

既に漢城とおぼしき都邑は、街中を大きく迂回して通り過ぎたのを覚えていた。そこから暫くは山間を辿り行った為、食べ物に乏しかった。空腹を抱えたままやっと、市が立つ村里へ紛れ込んだ。ここまで来れば、もう追っ手の心配もいらぬ筈である。市場の人込みの流れに沿って、商う人声に耳を傾げながら歩いた。店々の殆どは、着物や食べ物を商うもので、中に少しは古道具を並べている所もあった。

博麻は空腹に耐えかね、食べ物を商う店にどうしても眼を奪われた。とある店で、桃が籠に盛られているのを眼にした時、博麻はその桃に言い様のない懐かしさを覚えた。故国の味覚が、その中に張っているようなのだ。

博麻はおもわず桃を手に取り、頬擦りした。と、その瞬間、怒声が耳を打った。博麻は大男の店主に押さえ込まれ、その場へ捩じ伏せられた。桃を盗み食いしたと、勘違いされたものと悟った。

直ちに警吏が呼ばれ、捕縛された。言葉が通じず、いかなる言い訳も通用しなかった。百叩きの鞭打ちを受けた後、土牢へ放り込まれたのである。

唐の言葉を解する警吏もいて、桃に頬擦りしたのみと訴えたが、聞き入れてもらえなかった。例え物取りとしても、それだけの罪で長い間、牢内に留め置かれるとは思えなかったが、なかなか解き放してもらえない。南京虫や鼠に噛まれながら、実に三年余も入牢させられる羽目になる。

最初のうちは、身の不遇を嘆いた。これしきの事で、何故何年も牢に繋がれねばならぬのか分からなかった。どのような定めに陥っても、成るようになるだけと決め込むしかない。やっとそのような境地に至った頃、牢から解き放たれた。

博麻はその折、ふいに焦りを覚えた。再び故国を眼にする日まで、己にはいくらの刻も残されていないように思えたのである。

博麻と共に、同じ牢から放たれた百済人がいた。名を徐兄仁といい、博麻にとって牢内の囚人達の中で、僅かに話の合う相手であった。牢内の退屈しのぎのつれづれに、徐は百済の言葉を教えてくれたのである。

出牢した日、先ず博麻は徐に向かって、朝鮮半島の南端、多沙津へ行く道を尋ねた。

「我もそちらの方へ行くのよ。近くまで連れていってやるぞ。多沙津には実家があるので、いちど親の顔を見に戻らねば、こののち仕事が手につかぬわな」

言って徐は、笑顔を見せた。多沙津の地は、対馬へ向かって門戸を開く港町であり、筑紫へ帰り着く為には、どうあっても行き着かねばならなかった。

博麻は当初、徐兄仁と同行する事に不安を覚えた。しかし、徐が知り得る地勢や慣習の明るさから鑑みて、彼の処世に頼るほうが無難とみた。

「やるべき仕事があるとは良い事じゃな。親御もさぞかし喜ばれるであろう。必ず多沙津まで案内してくれよな」

「牢から出たら家に戻ると母に約した。仕事といっても、おれには盗みしか出来ぬ。盗み事はするが、おれは約束事を必ず守る」

徐は博麻より十五歳ばかり若く、四十歳前後であろうか。これまでに幾度か盗みを働き、刑を受けたのは分かっていたが、その割りに暗さは無かった。常に態度が明朗で言葉じりにも気力が満ちているようだ。世俗で罪とされる盗み事をするのだと、平然と言い放ちながら、後ろめたさというものが見受けられないのである。

南下する道々、村里に行き当たると、力仕事の手伝いを村人に願い出て僅かな食にありついた。徐は自ら進んで重い荷を運んだ。年上の博麻を時には叔父貴と呼び、いわずとも常に軽い荷を持たせてくれたのである。

「親元へ戻るには土産がいるわな。おまえもその姿のままでは国へ戻れまい。力仕事の手間賃ではどうにもならぬ。そろそろ盗み事でもするかの」

ある日、汗に濡れた顔を手で拭いながら徐が言った。

博麻の心中には、物盗りなどしてはならぬという思いが占めていた。桃に頬擦りしたのみで、三年余も牢に入れられてはたまらない。徐兄仁にそれを言うと、徐はにっと笑った。

「よかろう。そう申すなら叔父貴は盗みを働かずともよい。我に任せておけ」と、徐は応えた。が、そのあと急に真顔を見せて言葉を継いだ。「ただし、見張り役はやってもらわねばならぬ。だが分け前は三分しかやらぬぞ。それは約す。よいな」

博麻は黙っていた。どう返答すればよいのか思いつかない。徐兄仁は多沙津へ至るまでの間、隙のある家を探りながら歩き続けた。夜更け、目当ての家を見つけると、博麻に見張りをせよと押しつけた。人が近付く気配を察する度に、犬の遠吠えを真似て哭き声を上げろと言い含め、徐は姿を消した。が、幾許の間もなく、徐は戻ってきた。

「この家は警戒が厳しいので止めた」言って徐は、あらぬ博麻の心根を見透かすかのように、その姿を見下ろした。「逃げずにおったか。それでよい。おれは約した事は必ず果たすゆえ、心配するな。盗み事と約束を破る事とは、悪しきようでも全く違う。約を果たさずば、人の心を傷つけよう。が、さような事をおれは決して致さぬ。盗み事は、無い者が有る者から頂いているのみで、人を殺める訳でもなく、あたりまえの慣わしと思うがよい」

「しかし、世俗では罪とされよう」

「何故、そのような事に拘《こだわ》るのか。時には世の習いなど振り捨てよ。さあ、多沙津は目の前じゃ。次ぎの目当ての家を、早く探さねばならぬ。ぼろ衣を纏っていては、母者に顔向けが出来まい。妹にも美しい衣を持ち帰ると約している」

「盗んだ衣を与えては、母御や妹に申し訳なかろうが」

「いや、約束を守る事のほうが大切じゃ。盗もうが買い求めようが所詮、同じ衣に変わりない。明日の昼間に、物持ちの良さそうな家を物色しておけよ」

徐兄仁の狙いは、余り大きな屋敷ではなかった。大館は警護の者も多く、番犬も飼われ防備が厳重である。警備の薄い程々の屋敷に、狙いは絞られていた。

翌日、夜が更けるのを待って、見定めていた屋敷に押し入った。徐が塀内へ姿を消すと、博麻はふいに不安な思いのまま、夜のしじまに囲まれた。耳を研ぎ澄まし、見張り役として立っていたが、そのうち夜闇の中に、人の動く気配を感じた。博麻は犬の遠吠えをあげ、闇を透かし見た。何人かの警吏らしき影が、微かに蠢くのを見てとった。博麻は身を翻し、足音を殺してその場から退った。徐兄仁をさしおいて、ただ逃げるしかなかった。

あらかじめ徐から聞いていた多沙津の港へ向かう方向を目指し、ひたすら早足で歩いた。徐が無事に逃げ失せてくれる事を、心中で念じた。たとえ徐が捕縛されたとしても、見張り役がいた事など吐かぬよう祈るしかない。

倭国はもう目前なのである。船に乗りさえすれば、数日にして故国の土を踏めるであろう。

博麻はその想いのみをよすがに、やがて駆け出した。黎明を迎える頃、多沙津の港が一望出来る丘陵に至った。

朝まだき海辺へ下り立ち、遥か彼方まで広がる海原を見渡した。昇りくる陽を受け始めた波間が、黄金色にきらきらと輝いている。

「なんと……、眩しげな……」

博麻は言葉の接ぎ穂を失い、溜息をついた。故国の姿は見えぬものの、海原の彼方に筑紫国が横たわっている事は、ひしひしと身に伝わってくる。いつの間にか、涙が頬を伝う。

港内に眼を転じると、幾多の漁船や小舟に交じわり、目立つ大船が二艘ばかり舫われている。博麻は逸る心を抑え、ゆっくりと大船の方へ近寄って行った。

付近に屯している荷役の男に尋ねると、その船は倭国へ向かう新羅使の乗船であるという。この頃故国は、新羅と友好関係を取り戻しているようだ。

博麻は新羅使の船を訪ね、倭人である事を告げ、帰国したいので乗せてくれるよう頼み込んだ。

船端に現れた水夫は、博麻の言葉をろくに聞きもせず、追い返そうとする。博麻がなおも言いかかると、船端から下りて太刀に手を掛け、去れと脅した。

浮浪者と見紛うぼろ着を纏った者など、おいそれと乗船させてくれる訳がなかった。それと分かっていても、何とかしなければ故国へ戻れない。博麻は追い払われ、思いあぐねて多沙津の港町をさまよい歩いた。

いくらかでも身綺麗にし、水夫として雇われ、乗船出来ぬものであろうか。しかし、考えてみれば五十路も過ぎた老体である。老いぼれた者を雇い入れ、仕事も出来ぬまま乗せてくれよう筈がない。

最も望ましい事は、辛苦をなめた今日までの経緯について分かってくれる者を見つけ、連れ戻ってもらう事である。そのような者が、はたして多沙津にいるであろうか。たとえ、いたとしても如何にして見つければよいのか……。町中をさすらう内、頭が混沌としてくる。行き交う人々の笑いさざめく姿さえ、疎ましく思える。

その時、博麻は背後から、ふいに肩を叩かれた。振り返り、思わず息をのむ。徐兄仁が立っていたのである。

「役に立たぬ見張り役だわな」言って徐は、にっと笑った。「もう少しで、警吏に捕まるところであったぞ」

徐兄仁は博麻を促し、町中から山手に向かって歩き出した。家並もとぎれた頃、古びた社の森かげへさし掛かると、博麻を木立ちの中に誘い込んだ。

「おれはいかなる時でも、約束は守ってきた。おまえは見張りとして役には立たなかったが、約した通り分け前はやる。これは己に架した心根の柱じゃ。約した事は、必ずやり遂げるとな」

徐兄仁は懐中から、小袋を一つ取り出した。それを博麻の掌へ握らせる。小袋には砂金でも詰まっているのであろうか。ずしりとした重みが伝わってくる。

「あの屋敷で衣を盗んだところ、帯に砂金袋が縫い付けてあった。この小袋はそのうちの一つじゃ。おもわぬ儲けよな。当分の間、楽して暮らせようぞ。おれはこれより、近くの実家へ戻る。おまえもこれで着衣を調えたらよかろう。土産も求められようぞ」

言って徐は、なんの屈託もない笑顔をのぞかせた。博麻の無事を悦び、砂金袋を与えた事に満足している様子である。

博麻は思い惑っていた。なんとも後ろめたい。砂金袋を突き返すべきかどうか、迷わずにいられなかった。

「達者で暮らせよ。もう見《まみ》える事もなかろうが……」徐は博麻の憂い顔に気付き、言葉を改めた。

「さように疎ましげな顔を見せるな。叔父貴がなにを考えているのか知った事ではないが、おまえにはいつも自ら進んで、他から奪ってでも運を切り開いて行くようなところは無かった。いつも定めにあるがまま流されているだけじゃ。それではならぬ。この砂金で自らの運気をひらけ。我の信条のかけらでも、解ろうと努めてみよ。……では、さらばじゃ」

徐兄仁は身ごなしも軽くそのまま背を向けると、山間の小道を指し駆け去って行く。木立ちのままに消え行く、野猿のような徐の姿を、博麻は心に焼き付けた。徐の言葉の一つひとつが、ずしりと身に染み、初めて己の心の有りどころを教えられ、ありのままの姿に気付かされた思いである。

かつて起居を共にした薩野馬や富堵の言動に比して、徐兄仁の心根の方が鮮やかに映ずる。薩野馬達はいくら口端で倭国の危機を憂えながらも、その実、いったい何を為し得たのであろうか。果たして信を貫いてくれたろうか。

いつか再び彼等と見えたならば、何か言わねばおれぬ事があったと博麻は思う。何を言いたかったのか、今初めて心の片隅に、漠然と宿ってきた。

六

博麻は多沙津の町中へ戻ると、砂金の小粒を幾らか出して衣装を調えた。髪を束ねて髭を剃り身綺麗にしたうえで、新羅使節の船へと向かったのである。

博麻が船の舷側へ近付いた時、船端から一人の男が降りて来るところであった。男は岸辺に立つと、爽やかな表情で手を翳し、天空を仰ぎ見た。

「今日からはよく晴れようぞ。風も程よく吹き、船出には絶好の日和じゃな」男はひとり呟き、見るともなしに博麻へ眼をとめた。男は唐服を身にしていたが唐人には見えず、まして新羅の軍士や水夫でもなさそうである。

博麻は男のしぐさや言葉じりから、倭人ではないかと思ったが、かた覚えの百済の言葉で挨拶をした。男は怪訝そうに眼を泳がせる。博麻は急ぎ近寄り、思い切って倭国の言葉で名を名乗った。男は一瞬、ちらと不審げな表情を見せたが、博麻はかまわず急き込んで身の上を話した。白村江の戦いから、唐の長安へ捕虜として送られ、今日に至るまでの経緯を夢中で話し続けた。

博麻が語るにつれ、次第にその男は眼を見張り聞き入ってきた。時には頷き、博麻が言葉に詰まると、黙って続きを促す。博麻はあらゆる想いをこめて、この日に至るまでの事情を吐露したのである。

博麻が語り終えると、その男は嘆息した。

「三十年を経しか……」男の口から、倭国の響きが溜息と共にもれた。「斉明帝が崩御されてより今日まで、三十年を経る。よくぞこの地まで、辿り着かれた事よな……」

「………」博麻は応えるべき言葉も継げない。こみあげる熱い想いに身の内がわななく。

「我は唐国に、十年程も居たろうか。先の遣唐使の船で留学生として唐へ渡った。今、唐国の諸法を学びて帰国の途上にある。長安にいた我等がもとへ、その方がもう少し早く来ていれば、何か手立てがあったものと思う。しかれど、これまでの経緯からその方の身上を鑑みるに、今更それを言うまい」

男は博麻の身を庇い、船上へと誘った。博麻を伴って、新羅使節の面前へ進み出た。男は事を分けて話し、自らの従者として博麻の乗船を促してくれたのである。

新羅使は、それを許した。

男は博麻の帰還を、まれに見る快挙となるべしと言い、固く手を握り締めた。

「その方の話に、余りに気が高ぶり、我が名を告げる事さえ忘れていたよな」

男はそこで初めて名乗った。大和国の出自であり、先の遣唐使、勝部臣虫麻呂《かつべのおみむしまろ》と言ったのである。

翌日、船は筑紫を目指し、多沙津の港を出航した。顔を打つ波飛沫を避けもせず、博麻は舳先へ立ちつくした。眼に入るものは、何であろうとただ眩しかった。煌めく波間の彼方には、夢にみし故国が横たわる。

船上、勝部臣虫麻呂は博麻を手厚く遇し、二人は夜を徹して語り明かした。船が対馬で船泊まりする頃、博麻はこれまで気に掛けていた事の一つを、虫麻呂に尋ねた。

「土師連富杼と筑紫君薩野馬どのは、無事に国へ辿り着けたのであろうか。我は二人を帰還させんが為、この身を売りもしたのだ。二人は帰国出来得れば、必ず我を救い出す手立てを打つと約してくれたのだが……。その後の二人の行方を、知る手掛かりは無いものであろうか」

「さよう、我もかの二人の姓を、どこかで耳にしたような覚えがあるのじゃ。対馬衛府の仕官の中には、その間の事情を知っている者がいるかもしれぬ故、これから調べてこようかと思う」

言って虫麻呂は、上陸する身支度を調えた。対馬衛府に用向きがあると、新羅使節に告げた上で船を降り、衛府を指して出掛けてくれたのである。

その日の夕刻、虫麻呂は戻ってきた。が、虫麻呂の表情は、なにか憂いを含んでいるかに見受けられた。

「何事か、分かり申したか」博麻は急き込んで尋ねた。

「後日、更に詳しく調べてから話す方がよいと思う」と、虫麻呂は応えた。「筑紫へ着いた後、太宰府へ赴き、吟味致さねばならぬ事があってな」

虫麻呂は何事か、言いそびれているような口振りである。

「いったい、いかなる事を調べんと申されまするのか」

博麻は聞きただしたが、虫麻呂はあとの言葉を濁し応えてくれない。博麻にはそれ以上、追及出来かねて、気心の高ぶりを抑えた。

翌朝、船は対馬を出航し、壱岐にて船泊りをした後、筑紫へ向かった。博麻は常に舳先辺りへ座し、緑なす山野が今にも現れるかの思いのままに、海原の彼方を見詰め続けていた。飛び交う海鳥の姿が目に入る度に、陸地が近いものと立ち上がらずにいられない。

やがて西陽が傾く頃、暮れなずむ大地が見え隠れしてきた。間だるいほど徐々に逼り来る博多湾は、溢れくる泪に掠れ行く。

「那津《なのつ》へ着いたぞ。今夜はゆるりと休まれよ」背後から虫麻呂の声が聞こえ、博麻の肩に厚い手が添えられた。博麻は促されて船を降り、筑紫の土をしかと踏み締めた。夕闇に仄かな明かりが揺らぐ那津宮家の殿舎から、民人の苫屋に至るまで懐かしく、あふれる思いに目頭を押さえた。

持統帝四年（六九十年）九月、三十年ぶりに眼にする故国の姿であった。

翌日、博麻は虫麻呂に伴われ、新羅使節に先んじて那津を発った。水城を越え太宰府へ向かう道程は、朝まだき陽の中で輝きをますかに映じた。

衛府に入ると、幾人もの仕官が堂に居並び、一行を迎えてくれた。帰国の噂は既に、早馬にて伝えられているのであろう。博麻は堂内に入ると太宰権師《だざいのごんのそち》の面前へ誘われ、帰国の挨拶を述べ、促されてこの日までの経緯を語った。権師の左右に居並ぶ大弐少弐から、大典少典に至る仕官達も一様に、興ありげな表情で聞き入ってくれたのである。

太宰権師は博麻を、それなりに手厚く遇した。博麻は僅かばかりの地所と住まいを与えられ、暫くは歓待される日々を過ごした。辛苦をなめた唐国での話を聞く為に、見知らぬ人々までが次々と訪れてくる。大和朝廷へは早馬が仕立てられ、新羅使節の来朝や遣唐使の帰国と同時に、博麻の帰還も報じられた様子である。しかし、日毎の暮らし向きにはなんら差し障りなかったが、封地を与えられた訳でもなく、まして官位に叙される事もなかった。

博麻は身の回りが落ち着くと先ず人伝に、己の身内に当たる者が生存していないかどうか捜してもらった。しかし三十年を経た今、殆どの者は死に絶えている様子である。僅かに母の妹に当たる者が、落魄の身をかかえ、一人で過ごしていると聞き知れた。博麻はその老婆を、母がわりとして迎え入れ、家に住まわせた。

一ヶ月も過ぎる頃、人の訪れも次第に間遠くなり、急に寂寥感を覚える日々が続いた。そんな折、勝部臣虫麻呂が残した言葉の端々が、ふと気になりだした。虫麻呂は今どこで、何をしているのであろうか。

博麻は虫麻呂に会わねばならぬと思い定め、太宰府へその行方を問い質そうとした。が、それより早く、博麻の許へ虫麻呂が訪ねて来てくれたのである。

「暫くぶりじゃな。つつがなく暮らしておられようか。我は明後日、太宰府を発って大和へ戻る事になった」虫麻呂は穏やかな口振りで切り出した。「その前に、これまで調べてきた事を、その方へ伝えておかねばならぬと思ったじゃ。実は全てを話すべきかどうか思い迷った。しかし、いずれはその方の耳にも届く事であろうから、あえて我が口より伝えおく」

虫麻呂は暫時、瞑目して息を調えた。言葉を選び、ゆっくりと話し出した。

「今から二十数年余り前、先の帝（天智）が崩じられた年の十一月の事である。唐の使節として、郭務宗なる者が六百人もの従者を率い、来朝した。しかもその節、白村江の戦いで捕虜となした倭人を千人余り伴って、送還してきたのじゃ。郭務宗が我が国へ来たのは、これで三度目の事ぞ。しかもこの時は、四十七隻もの大船団を連ねての使節団であった。郭務宗は、これほどの船団が急に筑紫へ向かっては倭国の防人達が驚いて、戦闘状態に陥るかもしれぬと慮った。そこで先に倭人の使者を対馬へ派遣し、一行の人数や船団の数やその来意等を、あらかじめ通告しておかんと計った」

「二度に渡って、郭務宗が我が国を訪れた事は知っています。したが、その後の使節も郭務宗でありもうしたか」

「この時の唐国使節の来意は以前と違って、朝貢を求めるようなものではなかった。その頃新羅と高句麗が各地で叛旗を翻し、唐軍は半島で孤立していた。唐国は半島支配すら危ぶまれる状態で、為に捕虜を送還する代償として、我が国の支援を求めてきたものであったろう」

「唐が我が国に対し、誼を通じて来た事は、後になって知りました。しかし、それが薩野馬どの達の行方と、いかなる関わりがあるのでございましょうか」

「使節の来意を告げる為、対馬へ着いた先遣の倭人使は、四名であったと伝えられている。そこで我は太宰府の書庫でその時の記録を読み、四人の名を調べてみたのよ。するとその中に、筑紫君薩野馬と土師連富堵の名が見えるではないか」

「なんとした……。薩野馬と富堵は唐国使節の使者として、国へ戻ったと申されますのか」

「然り。その方が長安で身を売った半年ほど後の事であったろう。唐は三度目の使節派遣を決めたようじゃ。そこで郭務宗は筑紫君と土師連を捜し出し、伴いて百済へ向かったものと思われる。その上で先に百済へ送られていた通詞二名を加え、使者として送還したのであろう」

「我が身を売った直ぐ後に……。なんとした世の移ろいか……」

「済んだ事は嘆くまいぞ。運気の悪戯に逆らえぬ時もあろう」

「やむを得ぬ事もあるのは分かっています。しかれど薩野馬達は、我を救わんとする手立てを、講じてくれたのでありましょうか」

「…………」虫麻呂は言葉に詰まり、眼を反らした。「記録を調べ、当時を知る者にも当たってみたが、その方を救出せんと動いたような事績は、何処にも見当たらなかった」

「やはり、そうであったか……」博麻は言葉を失い、湧き立つ怒りを呑み込んだ。「最後にひとつ、教えてくれませぬか」気を取り直し、虫麻呂の眼を真っ直ぐに見詰めて言葉を継いだ。「薩野馬と富堵は今何処にあって、いかにしているか分かりませぬか」

「土師連は既に数年前、亡くなられたと聞き及ぶ。筑紫君はこの近在にて封地を安堵され、達者な様子じゃぞ。室見川の西方にある扶土城を知っていようか。その城を預けられているという事じゃ」

博麻は頷いた。虫麻呂の言質を、しかと脳裏に刻み込んだ。

蒼ざめた博麻の表情を読み、虫麻呂が言葉を継いだ。

「その方の三十年に渡る辛酸を、我は書簡に認め、早馬にて朝廷へ上奏した。官位を授かるか、せめて封地を与えられるよう申し述べたが、未だに何の返答もない。よってこれより大和へ立ち帰り、その方の労苦に報いるよう上申するつもりじゃ。それまでこの地を動かず、良い返事を待っていてくれよな」

「虫麻呂どのには面倒を掛けもうした。御礼の申し様もございませぬ。我には今、この温情に報いるべき何ものも持ちませぬが、心の内は分かってもらえましょうか」

「気に掛けずともよいわ。たまさかその方と出会えた事は、我にしても、強き心の拠り所となるであろうぞ」

言って勝部臣虫麻呂は、座を立った。


翌々日、博麻は水城の辺りまで行き、大和へ向かう虫麻呂を見送った。那津へ続く道は、冬風に土埃が舞い立ち、木立ちが騒ぐ。寒い木洩れ陽のままに消え行く虫麻呂の姿に、博麻はいつまでも眼を凝らしていた。

那津から船に乗り、瀬戸内の海を航行すると、二十日余りで大和へ着く事であろう。虫麻呂の無事を祈らずにおれないが、身内を過ぎる寂寥はいやがうえにも増す。

翌朝、博麻は家に迎えていた母の妹を呼び、心を決して告げた。

「これから出掛けまする。暫くは戻れぬかもしれませぬ。もし長きに亘り戻らぬ時は、叔母上様には心置きなく、この家にていつまでも安楽にお過ごしくださりませ」

「何処へ行かれまするのか」

博麻は応えず、微かに笑いを見せて立ち上がった。叔母の掌へ、かつて徐兄仁から貰った砂金袋を握らせた。ふと博麻の脳裏に、約は決して違えぬと言った徐の言葉が過ぎる。そのまま博麻は身支度を調え、太刀を帯びた。太刀を腰にするのは、三十年ぶりの事である。

博麻は家を出ると、大空を仰ぎ見た。筑紫の天空は幾十年か前の、あの日と同じ蒼さに透け行き、どこまでも広がる。もし再び薩野馬に見えた時には、言わずにおれぬ事があった。その言葉を心の内で探りながら、道を北西にとった。

室見川を越えると、博麻は扶土城を指して歩みを速めた。

〈参考・引用文献〉

日本古典文学大系『日本書紀』岩波書店　二〇〇三年
別冊歴史読本『鎌倉と北条氏』新人物往来社　一九九九年
別冊歴史読本『日本古代史〈謎〉の最前線』新人物往来社　一九九五年
奥野高広『足利義昭』吉川弘文館　一九八九年
鬼頭清明『白村江―東アジアの動乱と日本』教育社　一九八一年
山根良二、松尾光『争乱の日本古代史』廣済出版　一九九五年
吉田孝『体系　日本の歴史〈3〉古代国家の歩み』小学館刊　一九八八年
和田萃『体系　日本の歴史〈2〉古墳の時代』小学館刊　一九八八年
その他、資料として『吾妻鏡』及び『熱田文書』

執筆に当たって、右記の文献から種々の教示を得ました。ここに感謝の意を表します。

太田博之（おおた　ひろゆき）

1939年生まれ。大阪文学学校を卒業後、文芸誌「まひる」編集人。自身、創作活動を続け、当時、「バイキング」誌の同人であった、津本陽氏の作品と並び称されることもあった。同誌廃刊後、断筆。以後、30年に亘り文学とは無縁の生活を送るが、2005年、文筆活動に専心。本書は、20代に書き上げた同名小説4編を改編し1冊に纏めたものである。

冬《ふゆ》の一族《いちぞく》

二〇〇八年一一月二一日　第一刷発行

定価はカバーに表示してあります

著　者　太田博之《おおたひろゆき》

発行者　平谷茂政

発行所　東洋出版株式会社

東京都文京区関口 1-44-4，112-0014

電話（営業部）03-5261-1004　（編集部）03-5261-1063

振替　00110-2-175030

http://www.toyo-shuppan.com/

印　刷　日本ハイコム株式会社

製　本　株式会社三森製本所

 ISBN 978-4-8096-7582-9